电力物资**管理**
实务问答

北京市电力公司物资公司 编

中国电力出版社
www.cepp.com.cn

内 容 提 要

本书以电力物资企业工作流程、工作职责、工作规范、工作技能为依据，共分十七章，以问答形式介绍了电力物资管理基础、计划管理、招标管理、合同管理、监造验收、仓储保管、物流配送、安全管理、信息管理、财务管理、协调服务、档案管理、供应商管理、报废物资管理、监督管理、人力资源、企业文化。本书可作为电力物资公司从业人员及管理人员的参考用书。

图书在版编目（CIP）数据

电力物资管理实务问答/北京市电力公司物资公司编. —北京：中国电力出版社，2008
ISBN 978 - 7 - 5083 - 7972 - 2

Ⅰ. 电… Ⅱ. 北… Ⅲ. 电力工业 - 工业企业管理：物资管理 - 问答 Ⅳ. F407.616.5 - 44

中国版本图书馆 CIP 数据核字（2008）第 195711 号

中国电力出版社出版、发行

（北京三里河路 6 号 100044 http://www.cepp.com.cn）
汇鑫印务有限公司印刷
各地新华书店经售

*

2008 年 12 月第一版 2008 年 12 月北京第一次印刷
850 毫米×1168 毫米 32 开本 6.125 印张 144 千字
印数 0001—3000 册 定价 22.00 元

前　　言

为全面促进电力物资企业集约化、规范化、精益化工作的开展，强化电力物资流通工作的基本业务流程、基本工作技能，提高基本服务水平，我们组织编写了《电力物资管理实务问答》一书。

本书以电力物资企业工作流程、工作职责、工作规范、工作技能为依据，内容上，力求体现"以企业需求为导向，以能力培养为核心"的指导思想，突出以提高电力物资从业人员的实际工作能力为重点，全面彰显电力物资工作特色；结构上，针对电力物资工作的特点与领域，按照模块化、专项化的方式，既要突出各模块和专项的特点，又要体现各模块和专项相互之间的关联关系分级进行编写。

本书共分十七章，以问答形式介绍了电力物资企业职业技能和专业知识，这本书对电力物资专业培训、电力物资精细化管理、电力物资从业人员的综合素质的提升，将有着十分重要的作用。

本书在编写过程中得到北京市电力物资公司所有从业人员的支持与协助，是北京市电力物资公司员工集体智慧的结晶。在此表示衷心的感谢。

由于时间较紧，书中难免有错误或不妥之处，欢迎读者指正。

编　者

2008 年 11 月

目　　录

第一章

电力物资管理基础

1. 什么是电力物资？其特点是什么？

答：电力物资是指与电力生产、建设相关的物资。

电力物资的特点由其服务对象——电力生产及电力建设所决定。电力生产的特点是发、供、用、产、销一次完成，其产品不能储存，但全社会却要求不能间断供应，电的安全对社会稳定、人民生活至关重要。因此，质量要求高、运行稳定性好是电力物资的第一显著特点。电力物资的第二个特点是资金额度大，电力物资占电力生产建设投资的50%以上。由以上两个特点决定，物资采购部门既要保证电力物资的品质，防止伪劣产品流入电网，又要严格控制物资成本，降低电力生产成本，控制工程造价。

2. 电力物资企业在电网运营、集约化管理中发挥什么作用？

答：电力物资企业作为电网运营企业的下属专业单位，为电网的生产、营销、基建工作承担着物资供应链工作，主要作用如下。

（1）统一集中采购，实现集约化管理。

（2）统一采购标准，追求高性价比。

（3）统一供应链管理，节约企业资源占用。

（4）统一业务流程，强化阳光采购。

3. 电力物资企业主要专业工作有哪些?

答:电力物资企业主要专业工作包括以下内容。

(1)物资计划编制。

(2)组织招标工作。

(3)合同管理。

(4)物资监造。

(5)物资验收。

(6)物资仓储。

(7)采购资金管理。

(8)大件运输计划协调与配送。

(9)招标采购资料档案管理。

(10)供应商管理。

(11)报废物资处理。

4. 电力物资一般包含哪些设备、材料?

答:电力物资一般包含金属材料、非金属材料、机械产品、电工产品、电工仪器仪表、热工仪器仪表、继电保护装置与变电站自动化装置。

5. 电力物资管理由哪些环节组成?

答:电力物资管理是贯穿物资流通整个过程的管理,一般可分为采购、运输、仓储、配送四个环节。

6. 电力物资采购可分为哪些模式?

答:一般电力物资采购可根据其技术规范的要求及资金额度的大小,分为招标采购、询价采购、谈判采购、定向采购等模式。

7. 物资工作的原则是什么？电力物资工作的宗旨是什么？

答："从生产出发、为生产服务"是物资工作近 50 年来一直遵循的工作原则，电力物资工作的宗旨是以服务生产、服务建设为宗旨，各物资部门通过增强服务意识、拓宽服务功能、提高服务档次来实现其工作宗旨。

8. 送货与配送有哪些不同？

答：送货是将货物送达到用户手中；配送是按用户要求进行送货的一种特殊形式，它包含"用户要求"、"配货"、"送达"三个方面的含义。

第二章

计 划 管 理

1. 在上报招标计划时应注意哪几点?

答:在上报招标计划时应注意以下六点。

(1) 物资名称的规范性。

(2) 规格型号的规范性。

(3) 计量单位、数量的统一性。

(4) 交货时间的合理性。

(5) 工程项目名称的准确性。

(6) 技术条件、图纸及相关资料的齐全性、规范性。

2. 公司集中采购中的哪些物资必须进行招标?

答:集中采购中以下物资必须进行招标:

(1) 公司新建、扩建、技术改造、大修等输变电工程项目所需的,与工程项目有关的,单项合同估算价在 50 万元人民币及以上的电力设备及材料必须进行招标;

(2) 非工程建设项目单项合同估算价在 20 万元人民币以上的设备、物资、办公用品及委托服务等项目必须进行招标。

3. 对于委托单位所提报的招标计划应注意哪些事项?

答:(1) 委托单位所报送的招标计划应具备委托函、招标清单、技术规范书,以上缺一不可。

(2) 在接到招标计划后,应立刻核对招标清单与技术规范中的名称、型号、单位、数量是否一致,不一致时应立刻与委托单位沟通解决。

（3）及时了解委托单位招标项目的特点，为委托方提出及时有效的解决途径。

（4）将核对后的需求计划按工程项目、同类物资进行汇总。

4. 编制招标计划应如何划分标段？划分标段应注意哪些问题？

答：在接收、核实、汇总各建设单位上报的需求计划后，进入计划划分标段阶段。一般划分标段时，应遵循以下原则：

（1）首先按照同类设备划分标段（电压等级、设备类别），应注意，同一工程同一设备的主设备及其附件应划分在同一标段；如同类设备中交货期差异较大，按交货期相近的划分标段。

（2）同类设备中技术标准或参数特殊的，需单独划分一标段。

（3）需平衡各标段物资的数量，避免出现单标段数量过大或过小。

（4）在考虑以上问题的同时，应尽量将标段划分充分，以节省资源。

5. 工程项目具备什么条件方可申请招标？

答：建设单位应在工程项目满足下列要求时，申报招标计划。

（1）工程项目应通过立项审批。

（2）工程项目应有确定的资金来源。

（3）设计部门完成初设确定设备/材料的技术参数和数量以及初设审核通过的招标技术规范。

6. 电力设备申请招标时应提供哪些资料?

答:(1) 一次设备申请招标时应提供的资料。

1) 主变压器、GIS(组合电器)、开关柜(35、10、0.4kV 等)上报计划时应同时提供技术条件及相关图纸。上报地下变电站变压器时,还应提供土建结构图、吊装口尺寸图、变压器基础图。

2) 断路器、隔离开关、接地变压器、站用电、电容器、电抗器、消弧线圈、电阻柜、避雷器、互感器;各类电缆及附件等上报时,需提供相应技术条件;个别对尺寸(如靠墙安装开关柜、更换开关)和阻燃(如低压电缆、控制电缆)等级有特殊要求的,提供的技术条件中必须有相关参数说明,10kV 及以下电缆,除提供技术条件外还应提供生产盘长。

3) 线路用铁塔、钢杆等设备上报计划时,应提供技术条件及加工图;绝缘子、导线、避雷线(铝包钢、OPGW 光缆)及电缆需提供相应技术条件。

4) 配网用箱式变电站、环网柜应在上报计划时提供技术条件及图纸,配电变压器、真空开关、隔离开关、分界开关、分支箱、电杆、架空线等上报计划时提供相应技术条件。

(2) 二次设备申请招标时应提供的资料。上报综合自动化及微机五防时应同时提供主接线图;工业电视应提供站内各层平面布置图及整站平面图;上报各类保护设备、故障录波器、电量采集器、高频开关电源(站用、通信)、蓄电池(站用、通信)、UPS、光端机、电端机应提供相应技术条件,控制装置屏一般需提供技术条件及图纸,其中通信或保护设备如有定向采购或补充订货的,还应一并提供相关订货说明。

(3) 技改工程申请招标时应提供的资料。对于改造类工程设备招标时,必须提供原站(室)图纸,否则无法进行招标。

7. 物资招标需求计划在发标前发生变更时应如何办理？

答：发标前物资需求计划发生变更分为设备变更（增加设备、取消订货或变更设备）、数量变更、交货期变更。对于发标前发生变更的计划，建设单位应向上级单位请示，并出具正式盖章文字材料，交招标代理机构进行变更操作。必要时，可推迟原定的开标时间。

第三章

招 标 管 理

1. 什么是招标人?

答:依照《中华人民共和国招标投标法》规定,招标人是提出招标项目、进行招标的法人或者其他组织。

2. 招投标活动应当遵循的原则是什么?

答:在招投标活动中,应遵循公开、公平、公正和诚实信用的原则。

3. 招标方式分为几种?

答:招标分为公开招标和邀请招标。

(1)公开招标,是指招标人以招标公告的方式邀请不特定的法人或者其他组织投标。

(2)邀请招标,是指招标人以投标邀请书的方式邀请特定的法人或者其他组织投标。

4. 哪些工程建设项目必须进行招标?

答:根据《工程建设项目招标范围和规模标准规定》,各类工程建设项目的勘察、设计、施工、监理以及与工程建设有关的重要设备、材料等的采购,达到下列标准之一的,必须进行招标。

(1)施工单项合同估计价在 200 万元人民币以上的。

(2)重要设备、材料等货物的采购,单项合同估算价在

100 万元人民币以上的。

（3）勘察、设计、监理等服务的采购，单项合同估算价在 50 万元人民币以上的。

（4）单项合同估算价低于上述（1）、（2）、（3）项规定的标准，但项目总投资额在 3 000 万元人民币以上的。

5. 哪些工程建设项目可以不招标？

答：根据《工程建设项目招标范围和规模标准规定》，建设项目的勘察、设计，采用特定专利或者专有技术的，或者其建筑艺术造型有特殊要求的，经项目主管部门批准，可以不进行招标。

6. 采用公开招标方式的项目如何发布信息？

答：招标人采用公开招标方式的，应当发布招标公告。依法必须进行招标的项目的招标公告，应当通过国家指定的报刊、信息网络或者其他媒介发布。招标公告应当载明招标人的名称和地址、招标项目的性质、数量、实施地点和时间以及获取招标文件的办法等事项。

7. 采用邀请招标方式的项目如何发布信息？

答：招标人采用邀请招标方式的，应当向三个以上具备承担招标项目的能力、资信良好的特定的法人或者其他组织发出投标邀请书。投标邀请书应当载明招标人的名称和地址、招标项目的性质、数量、实施地点和时间以及获取招标文件的办法等事项。

8. 自招标文件发出之日起至投标人提交投标文件截止之日止，最短不得少于多少日？

答：自招标文件发出之日起至投标人提交投标文件截止之

日止，最短不得少于 20 日。

9. 招标人对已发出的招标文件进行必要的澄清或者修改时，法律要求合理的投标截止时间是多长？

答：招标人对已发出的招标文件进行必要的澄清或者修改的，应当在招标文件要求提交投标文件截止时间至少 15 日前，以书面形式通知所有招标文件收受人。该澄清或者修改的内容为招标文件的组成部分。

10. 什么是投标人？对投标人投标有哪些具体要求？

答：依照《中华人民共和国招标投标法》，投标人是响应招标、参加投标竞争的法人或者其他组织。具体要求如下。

（1）投标人应当具备承担招标项目的能力；国家有关规定对投标人资格条件或者招标文件对投标人资格有规定的，投标人应当具备规定的资格条件。

（2）投标人应当按照招标文件的要求编制投标文件，投标文件应当对招标文件提出的实质性要求和条件作出响应。

（3）投标人应当在招标文件要求提交投标文件的截止时间前，将投标文件送达投标地点；在招标文件要求提交投标文件的截止时间后送达的投标文件，招标人应当拒收。

（4）投标人在招标文件要求提交投标文件的截止时间前，可以补充、修改或者撤回已提交的投标文件，并书面通知招标人。补充、修改的内容为投标文件的组成部分。

（5）投标人根据招标文件载明的项目实际情况，拟在中标后将中标项目的部分非主体、非关键性工作进行分包的，应当在投标文件中载明。

（6）两个以上法人或者其他组织可以组成一个联合体，以一个投标人的身份共同投标。

11. 投标人在投标过程中不得发生哪些行为？

答：投标人在投标过程中不得发生以下行为。

（1）投标人不得相互串通投标报价，不得排挤其他投标人的公平竞争，损害招标人或者其他投标人的合法权益。

（2）投标人不得与招标人串通投标，损害国家利益、社会公共利益或者他人的合法权益。

（3）禁止投标人以向招标人或者评标委员会成员行贿的手段谋取中标。

（4）投标人不得以低于成本的报价竞标，也不得以他人名义投标或者以其他方式弄虚作假，骗取中标。

12. 投标截止时间届满，投标人少于 3 个时，招标人应当如何处理？

答：根据招投标法律规定，当投标人少于 3 个时，招标人应当依法重新招标。

13. 从评标到定标的时间限制是怎样规定的？

答：评标和定标应当在投标有效期结束日 30 个工作日前完成。

14. 评标委员会是如何组成的？

答：评标委员会由招标人或其委托的招标代理机构熟悉相关业务的代表，以及有关的技术、经济等方面的专家组成。成员人数为 5 人以上单数，其中技术、经济等方面的专家不得少于成员总数的 2/3。

15. 评标专家必须具备的条件是什么？

答：评标专家必须具备下列条件。

（1）从事相关领域工作满八年并具有高级职称或者具有同等专业水平。

（2）熟悉有关招标投标的法律法规。

（3）能够认真、公正、诚实、廉洁地履行职责。

（4）身体健康，能够承担评标工作。

16. 评标委员会成员遵守的原则和承担的责任是什么？

答：评标委员会成员遵守的原则和承担的责任如下。

（1）评标委员会成员应当客观、公正地履行职责，遵守职业道德，对所提出的评审意见承担个人责任。

（2）评标委员会成员不得与任何投标人或者与招标结果有利害关系的人进行私下接触，不得收受投标人、中介人、其他利害关系人的财物或者其他好处。

（3）评标委员会成员和与评标活动有关的工作人员不得透露对投标文件的评审和比较、中标候选人的推荐情况以及与评标有关的其他情况。

17. 招标人和中标人应当自中标通知书发出之日起多长时间内签订商务合同？

答：中标人确定后，招标人应当向中标人发出中标通知书，同时通知未中标人，并与中标人在 30 个工作日内签订合同。

18. 招标人应在多长时间内退还投标保证金？

答：招标人与中标人签订合同后 5 个工作日内，应当向中标人和未中标的投标人退还投标保证金。

19. 投标保证金的作用是什么？

答：对于投标人在中标后，不履行后续相关手续，导致合同无法签订，延误工程进度时，招标人应扣除其投标保证金以维护自身权益。

20. 招标代理机构违反《中华人民共和国招标投标法》应承担哪些法律责任？

答：招标代理机构违反《中华人民共和国招标投标法》的规定，泄露应当保密的与招标投标活动有关的情况和资料的，或者与招标人、投标人串通损害国家利益、社会公共利益或者他人合法权益的，处 5 万元以上 25 万元以下的罚款。招标人以不合理的条件限制或者排斥潜在投标人的，对潜在投标人实行歧视待遇的，强制要求投标人组成联合体共同投标的，或者限制投标人之间竞争的，责令改正后，可以处 1 万元以上 5 万元以下的罚款。

依法必须进行招标的项目的招标人向他人透露已获取招标文件的潜在投标人的名称、数量或者可能影响公平竞争的有关招标投标的其他情况的，或者泄露标底的，给予警告，并可以处 1 万元以上 10 万元以下的罚款；对单位直接负责的主管人员和其他直接责任人员依法给予处分；构成犯罪的，依法追究刑事责任。以上所列行为影响中标结果的，中标无效。

21. 我国现行的招投标法律法规及政策体系大致可分哪几个层次？

答：按照法律效力的不同，招标投标法律法规可分为三个层次。

（1）第一层次是由全国人大及其常委会颁发的招标投标法律，如《中华人民共和国招标投标法》。

（2）第二层次是由国务院颁发的招标投标行政法规以及有立法权的地方人大颁发的地方性招标投标法规，如《招标投标法律实施条例》（制定中）、《北京市招标投标条例》、《浙江省招标投标条例》等。

（3）第三层次是由国务院有关部门颁发的有关招标投标的部门规章以及地方人民政府颁发的地方性招标投标规章，如《评标委员会和评标方法暂行规定》、《工程建设项目施工招标投标办法》等。

《中华人民共和国招标投标法》是招标工作中应遵守的基本法律，其他一切法规、规章、制度均以这部法律为基准而制定。部委规章与地方政府规章之间的效力关系是：一般均应遵守；同一部门发布的，有冲突时，时间在后的优先执行；不同部门发布的，有冲突时，由国务院裁决。时间不允许的，可暂按有利原则执行。

在招投标日常工作中，应遵守单位有关招投标各项规章制度以及地方性法规，但当这些管理制度与国家法律有冲突时，应按照国家法律的规定执行。

22. 在招标计划中划分标段时应主要注意哪些问题？

答：在招标计划中划分标段时应注意下列问题。

（1）设备是否属于同一种类型，是否可划分在同一标段。

（2）变压器、开关等重要设备要考虑设备安装运行地点。

（3）设备电压等级是否一致，如果把电压等级不同的设备放到一个标段会造成无法开标或给后续的招标工作造成麻烦。

（4）不同项目之间设备交货期是否不同。

（5）工程项目的划分。

23. 汇编电力物资招标计划、分包计划的工作程序是什么？主要应注意哪些问题？

答：汇编电力物资招标计划分包计划的工作程序如下。

（1）各单位依据立项文件（或可行性研究的审核意见）、资金计划、初设审核纪要、审定后的技术条件及图纸等申报本单位月度物资采购申请。

（2）接受并核对各建设单位报送的计划、技术条件、资金计划及相关资料。

（3）对各建设单位报送的计划，按工程项目等进行月度计划的汇总。

（4）根据汇总后的计划，依据标的物、电压等级、交货期要求、数量、供应商潜在供货能力等影响因素，综合编制招标分包计划。

（5）汇总计划、分包计划应经主管领导审批后，报送上级主管部门审批。

（6）在编制招标计划时，应注意计划中的工程名称、工程编号与下达的立项文件中的工程名称、工程编号应保持一致。

24. 技术条件应该经过哪些部门确认后才可以发标？

答：（1）基建项目由建设单位上报公司基建部审批统一下发后方可发标。

（2）非基建项目由建设单位先上报公司有关技术管理部门进行审批，再由建设单位报送招标部门后方可发标。

25. 什么情况下需要使用技术废标审核单和商务废标审核单？

答：技术废标审核单和商务废标审核单是评标过程中技术

或商务确应废标时由评标委员会进行确认的文件。其主要内容有招标文件编号、设备名称、投标人、废标原因（招标文件的规定、投标文件响应的重大差异）。评标委员会主任应签署审核意见、监督小组应签署复核意见。

26. 什么情况下需要使用商务差异通知单？

答：商务差异通知单是在开标过程中，当投标人商务出现差异响应时，由唱标主持人发给评标委员会的书面通知。其主要内容有招标文件编号、设备名称、投标人、差异内容（招标文件的规定、投标文件响应差异）。由开标现场负责人提交，评标委员会主任审核，监督小组复核后提交给评标委员会评议。

27. 综合评估计分法中商务评标的内容是什么？

答：采用综合评估计分法评标，商务评标主要包括以下内容。

（1）投标文件商务资料完整性。

（2）质量管理体系文件。

（3）商务条款响应程度。

（4）资金财务状况。

（5）交货能力。

（6）以往履约情况。

（7）售后服务情况。

（8）商务响应的差异性。

28. 招标文件一般包括哪些内容？

答：招标文件一般包括以下内容。

（1）投标邀请书。

（2）投标人须知。

（3）招标设备清单及投标报价单。

（4）技术条件。

（5）必要的图纸及参考资料。

（6）商务合同样本。

（7）评标办法或评标原则。

（8）投标单位须填的各种表格。

（9）投标电子文档等。

29. 评标方法有哪些？

答：评标方法分为综合评估法和经评审的最低投标价法，综合评估法又可分为计分法和综合排序法。

30. 招标文件答疑工作的程序是什么？在发出前需要注意什么？

答：答疑工作的程序一般如下。

（1）招标文件发出之后，投标人针对招标文件的技术条件、商务部分等内容提出问题，并以书面形式传真或邮寄等方式送达招标机构。

（2）招标机构收到问题函之后，及时与委托单位、有关部门以及设计单位进行联系，并请上述部门给予书面答复。

（3）依据上述部门的书面答复意见，编制答疑澄清函。

（4）答疑澄清函应以书面形式、传真、邮寄或上传到网站上等方式，在统一的时刻通知到该标段的所有投标人。

在发出答疑澄清函前需要注意以下事项。

（1）应针对投标人的问题，及时查阅相关资料或向委托单位进行查询。

（2）答疑澄清函内容应准确、清晰，文字表述不应使投标人产生歧义。

（3）答疑澄清函应经有关负责人审定后方可正式发出。

31. 在哪些情况下可以拒收投标文件？

答：投标文件有下列情形的，应当拒收。

（1）超过截标时间逾期送达的。

（2）投标文件包装未按规定要求密封的。

（3）同一生产厂商（或品牌）的设备，有两个及以上投标人投标的。

32. 截标时间前，不予以接受投标文件的情况有哪些？

答：截标时间前发生以下情况，不予以接受投标文件。

（1）在规定的截标时间内未交投标保证金的，不予接收。

（2）在规定的时间内未提交投标文件报价、正本的，不予接收。

（3）逾期送达的或者未送达指定地点的，不予接收。

（4）未按招标文件要求密封的，不予接收。

33. 唱标之前应做好哪些准备工作？

答：唱标之前应做好以下准备工作。

（1）按标段依次通知投标人到开标现场。

（2）工作人员核实投标人与被授权人身份是否一致。

（3）检查要拆封的所有投标文件密封完整性，并请投标厂商代表确认投标文件密封完好。

（4）唱标人开始唱标，按照投标厂商的投标报价及相关商务内容，逐项宣读，记录员按照唱标人宣读的内容逐一录入投标厂商全称、设备名称和总价。

（5）唱标及录入完毕后，现场询问投标厂商代表对报价汇总表上显示的报价内容有无异议并请确认，如没有异议，请投标厂商代表在报价汇总表上确认签字，交现场招标监督小组成员、业主代表、记录员审核签字。

（6）唱标结束，宣布投标厂商代表退席。

34. 唱标时投标人报价单有严重错误时怎么办？

答：唱标时如发现投标人所报设备与招标文件不符、价格超低与成本价不符时，应按投标人报价单如实唱标，会议应作好翔实的记录，经复核无误且由投标人确认后，提交给评标委员会评议。

35. 评标时投标文件与招标文件有轻微差异时应怎么办？

答：评标委员会可以要求投标人对投标文件中含义不明确的内容作必要的澄清或者说明。但是澄清或者说明不得超出投标文件的范围或者改变投标文件的实质性内容。

36. 哪些电气设备发标时必须附带对应的设计图纸？

答：以下电气设备发标时必须附带对应的设计图纸。

（1）10kV 开关柜、低压开关柜需提供接线图和平面布置图。

（2）组合电器（GIS）需提供 GIS 接线布置图。

（3）主变压器需提供土建基础图。

（4）综合自动化装置需提供系统主接线图。

（5）防止误操作五防需提供装置系统主接线图。

（6）工业电视需提供站内各层平面布置图。

37. 编制报价清单应注意哪些问题？

答：编制报价清单时应注意：

（1）项目名称、招标编号、供货数量、交货周期等字段与项目申报单位所提需求一致无误。

（2）开标日期准确无误。

（3）应明确投标方填写报价单时相应注意事项。

38. 编制招标澄清专用传真稿时，应注意哪些问题？

答：编制招标澄清专用传真稿时，应注意下列问题。

（1）修改传真稿模板中的编号、招标文件编号、设备名称、电传日期、发稿人等与实际相符。

（2）保证澄清内容简洁、明确无歧义。

（3）在发传真前，应电话通知接收人。

（4）应将把盖章原件留存在开标文件夹中。

（5）在传真发送以后，应立即与接收人联系，确认是否收到并记录接收人姓名、时间、传真电话。

（6）应及时将传真件的电子文档归档，以便核对。

39. 在物资信息系统中编制设备技术评分表时找不到对应的标号应怎么办？

答：如果在编制设备技术评分表时找不到对应的标号，应立即查看该标号所在清单的状态，是否已经提交并通过审核。如果仍未找到，应立即与系统管理员联系请管理员帮助解决。

40. 评委输入密码后不能进入评标系统应如何处理？

答：下列情况可能会导致上述问题发生：

（1）网络设置不正确，电脑未连接至网络，应立即与计算机管理部门联系。

（2）评委进入的页面不正确，应修改地址栏，进入正确页面。

（3）核对评委姓名及密码是否完全一致，如有错别字应重新出新密码。

（4）如果出现 IP 地址不符的提示，应立即与计算机管理部门联系，或更换电脑。

（5）核对该标段是否已正确组建该评委。

41. 物资管理信息系统程序修改单填写的流程是什么？

答：首先由提出人对修改前状况做详细描述，并填写清楚修改的要求、要求完成的日期，由使用人员审核确认后，提交本部门领导、主管领导处签字确认，复印留存后，交至软件公司，并及时确认修改进度。

42. 实行框架性招标采购的大宗物资一般具有什么特点？

答：（1）订货技术条件通用性强，在一定时期内设备性能和参数基本没有变化或变化较小，不影响物资的单位报价。

（2）技术标准、制造工艺等稳定性较强，能充分满足工程设计中一般原则要求。

（3）在评标中主要以供货周期、销售服务、设备单价等商务因素作为评价因素。

（4）在单项工程中所需数量较少，但在一定时期内具有相当数量规模的需求。

43. 投标有效期不足的将被如何处理？

答：在招标文件的"投标人须知"中，对投标有效期作了如下规定：自规定的开标之日起，投标人的投标文件和报价有效期应在投标人须知资料表中所述投标有效期限内保持有效。投标有效期不足的应被视为非响应性投标而被拒绝。

44. 如果已发布招标文件的清单中物资的交货日期有所改变，在物资管理信息系统中应如何操作？

答：操作流程如下：当建设单位中所报的计划与招标时的清单中的交货日期有所改变，应根据建设单位提出的变更日期进行修改。进入物资管理系统，点开页面的招标管理，进入招标前管理，点开编制招标清单，在需要修改交货日期的设备清单编号前打勾，点击下方修改按钮进入所需修改交货日期的清单中，在所需修改的清单前打勾，在需修改的设备的标段中修改正确的交货日期，最后点击保存，至此，修改完毕。

45. 招标工作结束后，需向下一工作部门转交哪些资料？

答：（1）中标通知书。

（2）生产厂家的签到表。

（3）中标厂家的分项报价单。

（4）技术、商务澄清文件。

（5）电子版的技术条件和图纸（在用户单位提供的条件下）。

（6）工程图纸及设计说明。

（7）订货设备分配明细表。

（8）中标厂家投标文件（副本）。

46. 定标工作完成后，在本部门需留存哪些资料？

答：（1）签到表。

（2）中标厂家设备清单及投标报价单。

（3）中标澄清记录。

（4）评标报告。

47. 开标、评标活动结束后，必须归集的资料文件有哪些?

答：(1) 招标清单，取标、回标登记。

(2) 招标文件及开标前统一答疑的文件。

(3) 投标人签到表、评委签到表。

(4) 各类审查表（商务审查、技术审查）。

(5) 投标厂家报价单及报价汇总表。

(6) 技术、商务评分表及汇总表。

(7) 评标价评分汇总表。

(8) 开标会议记录。

(9) 评标报告。

(10) 所有投标厂商的投标文件。

(11) 投标厂家电子版等资料。

(12) 投标厂家填写的澄清答疑单。

48. 询价采购适用范围是什么? 工作程序是什么?

答：询价采购适用以下情况。

(1) 单项合同金额在 20 万元以下。

(2) 改扩建工程需要采用原厂产品配套的。

(3) 经两次公开发布招标公告后潜在投标人仍不足三家的。

(4) 交货期紧急的。

询价的一般程序如下。

(1) 由业主（建设单位）向招投标管理主管部门提出申请。

(2) 根据经招投标管理部门的同意询价采购批复，编制询价单。

(3) 向近期中标的生产厂商发出询价单及技术条件。

（4）根据生产厂商回复的报价单编制报价汇总表。

（5）交部门负责人审核，待部门负责人审核后交主管领导签署意见，根据主管领导的签署意见，编制中标通知书。

49. 采购询价单的主要内容有哪些？

答：完整的询价单应包括以下内容。

（1）询价单编号。

（2）物资名称、单位、数量、交货时间。

（3）项目名称。

（4）备注。

50. 发出中标通知书后，相关条件发生变化时应如何处理？

答：（1）对于仅在数量上发生变动的，直接由采购部门作商务处理。

（2）对于设备型号和参数发生设计变更的，需设计部门提出设计变更书并经业主（建设单位和职能部门）同意后，依据变更向厂家重新确认变更后的设备参数及价格。

（3）当价格发生变化时，写出价格变化报告，经领导同意后，再编制中标通知书。

（4）当价格变化比较大时，经向领导汇编，确认废标，列入下批次的招标计划中。

51. 如何确定询价过程中价格的合理性？

答：对于询价过程中厂商回复的报价，应参考其近期投标报价来确认其报价的合理性；对于二次及通信设备，应对应参考近期明细报价，而不能仅以总价来参考；对于材料成本较高的设备，如电缆、导线、铁塔等，还应参考近期原材料价格变化来确认其报价合理性。

52. 确定废标时的工作程序是什么？

答：评标委员会成员填写废标申请单，由评标委员会主任、监督小组审核同意并分别签字，此废标生效。

53. 评标澄清申请单用于哪种情况？

答：评标澄清单适用于评标过程中评委提出需要投标人澄清问题的申请。填写时应注意字迹清晰，签字齐全。

54. 评标报告包括哪些主要内容？

答：评标报告应包括以下主要内容。

（1）项目简介、发标过程、评标委员会组成、评标方法、评标程序、评标情况、评委的保留意见、推荐结果。

（2）评标报告附件包括监督小组意见、招标清单、取标登记、回标登记、技术评分汇总表、商务评分汇总表、投标报价汇总单。

55. 定标后如何公布中标信息？

答：（1）采用公开招标方式的：定标后，中标信息在中国采购与招标网公布，并以书面形式通知中标人有关中标信息。

（2）采用邀请招标方式：以书面形式（传真）通知中标人有关中标信息。

56. 两个供应商是什么关系时不能在同一标段投标？

答：当两个投标人以同一品牌产品、同一法人企业产品或母子产权关系的企业产品投标时，招标代理机构只能接受其中一位进行投标。投标人可自行协商确定由谁来投标（投标人须持有生产厂商的授权书），否则，招标机构有权以拒绝"围标"名义，拒绝其投标。

57. 中标通知书交货期书写应注意哪几项？

答：（1）应写明具体交货日期，如：2007 - 5 - 01，2007.5.01，2007 年 5 月 1 日；或根据实际情况确定交货日期，如：技术协议（合同）签订后/图纸（盘长）确认后××天交齐。

（2）为了方便合同谈判及签订和工程结算，中标通知书原则上应一个工程项目对应一张通知书。对个别不能拆开的通知书，应注明本中标通知书所对应的各项名称。

58. 招标过程后，投标文件正副本应分别怎样流转？

答：一般情况下的投标文件为"一正四副"，即一本正本，四本副本。评标活动结束后，应将全部投标资料正本和一套副本暂存指定地点；定标后应将全部投标文件正本及评标资料一起转档案室归档；定标后应将中标人的投标文件副本一套及有关中标资料一起转给采购部门，作为签订技术协议、商务合同的依据。

59. 招标代理机构违反法律规定，泄露应当保密的与招标投标活动有关的情况和资料的，或者与招标人、投标人串通损害国家利益、社会利益或他人合法权益的，应当承担什么法律责任？

答：招标代理机构对其违法行为应承担的法律责任：发生上述行为的，应处五万元以上三十五万元以下的罚款，对单位直接负责的主管人员和其他直接责任人员处单位罚款数额百分之五以上百分之十以下的罚款；有违法所得的，并处没收违法所得；情节严重的，暂停直至取消招标代理资格；构成犯罪的，依法追究刑事责任。给他人造成损失的，依法承担赔偿责任。行为造成影响中标结果的，中标无效。

60. 评标委员会成员收受投标人的财物或者其他好处的，评标委员会成员或者参加评标的有关工作人员向他人透露对投标文件的评审和比较、中标候选人的推荐以及与评标有关的其他情况的，应承担什么法律责任？

答：评标委员会成员和参加评标的工作人员对其违法行为应承担的法律责任：发生上述行为的，应给予警告，没收收受的财物，可以并处三千元以上五万元以下罚款，对有所列违法行为的评标委员会成员取消担任评标委员会成员的资格，不得再参加任何依法进行招标的项目的评标，构成犯罪的，依法追究刑事责任。

61. 投标人中标后，在哪些情况下会导致无效？

答：导致中标无效的情况一般可以分为两类：违法行为直接导致中标无效和只有在违法行为影响了中标结果时，中标才无效。

（1）在招投标过程中，招标人、投标人发生下列违法行为直接导致中标无效。

1）投标人相互串通投标或者与招标人串通投标的，投标人以向招标人或者评标委员会成员行贿的手段谋取中标的，中标无效。

2）投标人以他人名义投标或者以其他方式弄虚作假，骗取中标的，中标无效。

3）招标人在评标委员会依法推荐的中标候选人以外确定中标人的，依法必须进行招标的项目在所有投标被评标委员会否决后自行确定中标人的，中标无效。

（2）在招投标过程中，招标人、投标人发生下列违法行为影响了中标结果时，中标才无效。

1）招标代理机构违反本法规定，泄露应当保密的与招标投标活动有关的情况和资料的，或者与招标人、投标人串通损害国家利益、社会公共利益或者他人合法权益，影响中标结果的，中标无效。

2）依法必须进行招标的项目的招标人向他人透露已获取招标文件的潜在投标人的名称、数量或者可能影响公平竞争的有关招标投标的其他情况的，或者泄露标底，影响中标结果的，中标无效。

3）依法必须进行招标的项目，招标人违反本法规定，与投标人就投标价格、投标方案等实质性内容进行谈判，影响中标结果的，中标无效。

第四章

合 同 管 理

1.《买卖合同》包括哪些主要内容?

答:(1)买卖合同的内容由双方当事人约定,一般包括以下条款。

1)当事人的名称或者姓名和住所。

2)标的。

3)数量。

4)质量。

5)价款或者报酬。

6)履行期限、地点和方式。

7)解决争议的方法。

8)违约责任。

(2)除上述条款外,还应具备以下条款。供货产品名称、数量、规格及技术要求,包括技术规范、技术资料(例如产品样本、安装工艺图、电气原理图、操作手册、维修指南)、供货范围等。

还规定了交货地点、方式、期限及实际交货时间。

2.《买卖合同》的合同主体应具备的资格是什么?

答:合同的主体是指参加合同法律关系,享受利益或承担义务的人,也就是合同当事人。

合同主体应具有独立设立、变更、终止民事权利义务关系的能力,应当具有相应的民事权利能力和民事行为能力。

（1）法人的民事权利能力。法人的民事权利能力是法人享受民事权利和承担民事义务，成为民事主体的资格。法人的民事权利能力从法人成立时开始，至法人消灭时终止。

（2）法人的民事行为能力。法人的民事行为能力是法人以自己的行为取得民事权利和承担民事义务的资格。法人的民事行为能力自法人成立时取得，至法人消灭时终止。法人的民事行为能力是通过法人的法定代表人和代理人的活动来实现的。

3. 如果当事人一方在合同上加盖印章，而对方当事人未加盖印章的，合同是否成立？

答：（1）合同尚未实际履行，则该合同不成立。《合同法》第三十二条规定，在合同不成立的情况下，已盖章的一方当事人，如果信赖此合同能够履行并为合同的履行做了财力和物力的准备，从而使自己在经济上遭受了损失，那么，已盖章的当事人可以向人民法院起诉，请求人民法院判令未盖章的一方当事人承担缔约过失责任并赔偿损失。

（2）当事人一方虽未在合同上盖章，但对方当事人已实际履行了合同，且对方已接受了履行，则应认为合同已经成立。《合同法》第三十七条规定，采用合同书形式订立合同，在签字或盖章之前，当事人一方已经履行主要义务，对方接受的，则该合同成立。

4. 不具有授权委托权限的代理人在合同上签字盖章合同是否成立？

答：《合同法》规定：当事人依法可以委托代理人订立合同。

（1）如果代理人不具有授权委托权限的，虽在合同上签字盖章，但合同不能成立。

（2）如果代理人曾经具有授权委托权限，但因公司或代理人的原因，其授权代理资格被撤销，而公司未及时向对方当事人提供说明，或出具文件证明的，对方当事人可以以表见代理的法律依据认为代理人具有授权委托权限，且此份合同在法律上认定为成立。

表见代理是指代理人虽然不具有代理权，但具有代理关系的某些表面要件，这些表面要件足以使无过错的第三人相信其具有代理权而与之实施民事法律行为，在这种情形下，法律使这种代理行为发生与有权代理同样的法律后果。

5. 在运输合同中，托运人一方所面临的法律风险有哪些？如何防范？

答：（1）存在如下风险。

1）交货迟延需进行赔偿。

2）错误申报货物导致侵权的赔偿责任。

3）货物包装损坏导致侵权的赔偿责任。

4）货物短缺的法律后果。

5）特殊货物交付瑕疵的法律后果。

6）承运人无运输能力而与托运人签订货物运输合同。

7）承运人滥用免责条款的法律后果。

8）运输工具不适航导致货物受损的法律后果。

（2）防范措施如下。

1）认真签订合同。托运人签订合同时细读每一项条款，认真填写货物具体名称、数量、规格、包装等项目。

2）注意审核免责条款。对显失公平的条款应当反对。

3）注意合同条款的明确性和准确性。要注意合同的完整性、准确性和明晰性。明确货物名称、货物接收、货物承运、运输变更及货物的装卸与交接，规定好索赔的期限、偿付的时间及货物所赔的赔偿价格。

4）明确法律规定，依法维护自己的权益。要善于利用法律上的一些关于托运人权利方面的规定来维护自己的权益。

6. 民事诉讼时效从什么时候起算？经济合同的诉讼时效是多长时间？

答：（1）民事诉讼时效的起算应当是从知道或应当知道权利被侵害时起计算。经济合同的诉讼时效应当从合同约定的履行期限届满时起算，没有约定履行期限的，从债权人主张权利时起算；债权人要求债务人履行债务，债务人明确表示拒绝履行的，诉讼时效从债务人表示拒绝履行之日起算。

（2）经济合同的诉讼时效一般为 2 年。

7. 在买卖合同进行违约索赔时，应注意的事项有哪些？

答：（1）明确违约责任。违约责任是合同各方在合同中约定或者补充约定的，当事人出现违约行为时应当采取的补救措施。常用的违约责任的承担方式如下。

1）继续履行。

2）采取补救措施。

3）支付违约金。

4）支付赔偿金。

（2）选择合理的纠纷解决途径。合同出现纠纷时，当事人可以通过和解、调解、仲裁、诉讼的途径解决。

（3）选择有利的索赔案由。按照法律规定，当一方有违约行为发生时，合同相对方可以选择"违约"或者"侵权"其中一种方式进行索赔。在不同案件中，两种方式所获得的赔偿额度、承担后果的责任人会有所不同，当事人权益保障也有差别，所以要有所选择，按照最有利于我方的赔偿来进行。

8. 合同生效后，当事人就质量、价款或者报酬、履行地点等内容没有约定或者约定不明确的应当在履行合同中如何处理？

答：（1）质量要求不明确的，按照国家标准、行业标准履行；没有国家标准、行业标准的，按照通常标准或者符合合同目的的特定标准履行。

（2）价款或者报酬不明确的，按照订立合同时履行地的市场价格履行；依法应执行政府定价或者政府指导价的，按照规定履行。执行政府定价或者政府指导价的，在合同约定的交付期限内政府价格调整时，按照交付时的价格计价。逾期交付标的物的，遇价格上涨时，按照原价格执行；价格下降时，按照新价格执行。逾期提取标的物或者逾期付款的，遇价格上涨时，按照新价格执行；价格下降时，按照原价格执行。

（3）履行地点不明确，给付货币的，在接受货币一方所在地履行；交付不动产的，在不动产所在地履行；其他标的，在履行义务一方所在地履行。

（4）履行期限不明确的，债务人可以随时履行，债权人也可以随时履行，但应当给对方必要的准备时间。

（5）履行方式不明确的，按照有利于实现合同目的的方式履行。

（6）履行费用的负担不明确的，由履行义务一方负担。

9. 授权书应包括哪些主要内容？

答：授权书应包括以下主要内容。

（1）授权人为法定代表人，遇有法定代表人转授权给公司负责人的，要有授权书支持，以日期为界定的，要写出具体的起始时间；以事项为界定的，要写出授权的事项；转授权书中明确不能再转授权的，签约人应当为公司的负责人。

（2）被授权人为签约人。

（3）授权代理的权限范围要包括签订合同的事项。

（4）授权书有效期。合同签约期应在授权有效期内，授权书的有效期一般分为一年一授权、一事一授权及在一个固定的时间内授权的。厂家拿来的授权书的有效期应该是包含合同签订期的，不能早也不能晚，这样才具有效力。

（5）授权书上要有授权人的手签字，要盖有公司的公章。

10. 中标方授权代理商签订合同时，应当出具的相关文件有哪些？采取什么样的方式进行？具体流程是什么？

答：（1）中标方授权代理商签订合同时，应出具以下相关文件。

1）供应商承诺函。

2）代理函。

3）加盖公章的双方企业法人营业执照副本的复印件。

4）双方均须承认对履行的合同承担连带责任。

（2）采取的方式。每年年初将对本年度集中审核接受代理商签订合同的供应商清册以文件形式予以公布，在清册上的供应商可以直接被受理代理商签订合同。如果在该年度内又有新增加的供应商须采取代理商签订合同的，应采取合同会签的方式进行。

（3）具体流程。如果中标方授权代理商签订合同时，流程如下。

1）由合同签订部门草拟会签单，注明工程名称、设备名称、规格，并将计划单、中标通知书及作为附件。

2）中标公司须在会签单中写明中标公司名称及代理公司

名称，须转授权的原因并加盖公章，并附双方的企业法人营业执照副本复印件、代理函、承诺函。

3）合同管理员将合同会签单交法律部门审核。法律部门同意的交公司主管领导进行审批；法律部门不同意的须写明意见返回合同签订部门向中标方反馈意见，由中标方签订合同。

4）公司主管领导对合同会签单的审批同意的，交给法律部门转合同签订部门签订合同；审批不同意的交给法律部门转合同签订部门向中标方反馈意见，由中标方签订合同。

11. 什么是补充协议？应在何种情况下使用补充协议？签订补充协议时提供什么支持性文件？

答：（1）补充协议是对原合同的一种补充。

（2）补充协议的使用。当原合同标的额的增加或减少、设备的规格型号发生变化、按照工程需要需注销合同或将设备挪至其他工程时，使用补充协议。

（3）在签订补充合同时要提供以下的支持文件。

1）数量、设备的附属工具、服务费用等增加或减少的依据，一般应当是建设单位出具的支持性文件、设计部门出具的设备器材表等。

2）设备的规格型号变化的依据，一般应当是建设单位出具的支持性文件、设计部门出具的设计变更等。

3）按工程需要须注销或将设备挪至其他工程使用的，需有建设单位出具的支持性文件或业主单位的相关职能部门、公司领导的批示性文件。

4）原合同的中标通知书复印件，以备提供单价依据。

5）计划单。

6）授权委托书。

12. 什么是免责条款？在何种情况下合同的免责条款无效？

答：（1）免责条款是指在合同履行过程中发生条款中所列事项时，双方当事人可以不对该行为造成的损害承担责任，履行义务。

（2）免责条款在以下情况无效。

1）造成对方人身伤害的。

2）因故意或者重大过失造成对方财产损失的。

13. 买卖合同的主要法律特征是什么？

答：（1）合同可以是采用书面形式也可以口头约定。

（2）买卖合同的当事人双方都有明确目的：卖方以取得价款为目的，买方以取得标的物的所有权为目的。

（3）买卖合同中，对买卖标的物的质量规定，对标的所有权转移的地点、时间、价款的支付，包括支付的数额、地点、时间、方式等问题，《合同法》的规定均是：当事人有合同约定的，按照约定执行，没有约定或者约定不明确的，按《合同法》相关规定执行。所以当事人在买卖合同中应尽可能的详细描述这些内容，尽量避免今后的合同纠纷。

（4）买卖合同的标的物是有形物，所以要详细描述标的物的质量标准、功能要求、售后服务、质量保修等。

14. 在合同执行过程中如何处理与供应商之间往来的函件或电传？

答：与供应商之间的往来函件或电传是指在采购过程中所有涉及设备供货的纸质文件，包括厂家的质询文件、技术协议的确认文件、价格变动的明细、无法正常履行合同的说明等，还包括所有公司对上述文件的答复函及供货通知单、催货单、运输单等。

（1）供应商给物资公司出具的函件或电传及处理方式如下。

1）合同执行过程中，因为设计的变化等原因，会出现关于附属金具、服务等项目的补充报价等说明性文件，应作为合同的附件装订在合同中留存。

2）在合同执行过程中，供应商会出现无法按期交货的违约性说明，项目专责人应及时向有关领导反映以备解决，并且应按照合同的约定对其提供的函件中的违约事宜予以分析并追究其违约责任。

3）供应商更名而出具的工商局的证明文件及该公司的更名函。

4）供应商公司上市或重组、或将原业务范围移至同一集团的其他公司的证明文件或与第三方的债权转移协议等。

（2）物资公司给供应商出具的函件或电传及处理方式如下。

1）向供应商出具的函件或传真应按照实际工程的需要向其发出，如催货通知、交货通知、实际盘长、数量的说明文件；遇有微量调整的，应向其询问价格的变化，达成一致。

2）对于货款的核对、债权债务的证明性文件等，均须由有关人员会同法律人员、财务人员、供应商一起核查，一般此类文件不予盖章或证实；如厂商确需核对有关账目的，其必须提供与物资公司签订的买卖合同，然后会同上述人员一起核对查明。

（3）物资公司与供应商达成的协议需有双方的认可，要盖章或有相关人员签字确认。

15. 中标人的投标文件中承诺的条款在合同谈判过程中发生了实质性的变化应怎么办？

答：在谈判过程中，当中标人对其在投标文件中承诺的条款发生了实质性变化的，即提供的货物的规格型号、交货期、货物价格等重大条款与投标文件承诺的条款严重不一致时，应视作投标人违背投标文件实质性承诺，中标结果应视为无效。公司应当没收其投标保证金，并对该项货物的采购重新组织招标。

16. 在技术交底时技术条件作了微量调整，但中标人未对价格产生异议时，中标结果是否继续有效？

答：主要技术条件没发生实质性变化，只是个别特性参数发生了微量调整，若中标人对于这一调整未产生投标报价异议，可以继续就合同有关内容继续谈判并签订合同。

17. 框架性采购协议与单项买卖合同的关系是什么？签署时应注意什么问题？

答：（1）框架性采购协议与单项买卖合同的关系。框架性采购协议是为了签订单项买卖合同提供卖方、单价及技术条件的依据，其中的各项条款均适用于每次单项买卖合同中，物资的单价及交货周期在协议规定的期限内不得有变化，否则卖方将构成违约。

（2）签订框架性采购协议应注意的问题。

1）协议的签订方是否为统招分签的中标人，如果不是，是否提供了代理函或转委托授权书。

2）协议的有效期一般规定为半年或一年。

3）协议中的单价及交货周期是否与卖方在投标时的一样。

4）厂家是否及时交纳协议中约定的履约保证金金额。

5）签约人是否为被授权人，协议是否加盖了合同专用章。

18. 国家电网公司集中组织招标的中标通知书与合同谈判时约定的标的额及该设备附属标的物不一致时，应怎样处理？

答：（1）遇有此类变化时，须由建设单位出具确认证明文件，要有相关部门的批复，否则不签署合同。

（2）数量、长度的增加要在技术条件中有所体现，但单价不得有变化。

（3）设备的附属物在合同谈判中可以作微量调整，但中标需厂商出具相关价格的文件以备签订合同时使用。

19. 通过外贸代理公司签订买卖合同时应注意什么事项？当发生纠纷时，三方责任如何界定？

答：（1）通过外贸代理公司签订买卖合同时应注意以下事项。

1）应与外贸代理公司签署《招标及代理采购委托协议》，其中载明公司委托外贸公司代为采购进口设备的事项，约定双方的权利义务。

2）若通过外贸代理公司签订的合同为英文合同，该合同条款应是合同范本，由外贸代理公司提供，合同应当由业主、供应商和代理公司三方共同签署。

3）合同的附件应写明具体设备名称、规格型号、数量、产地、费用等。

4）合同中约定的价格包括外贸合同价（货物费）、进口代理费、其他费用（银行费用、商检费用、通关港杂费及港口至甲方接货点的内陆运输费）、进口关税和增值税，每项费用均有相关的价格比例，在签订协议时应当计算每项的价格和总价款是否正确。

5）要审查合同中约定的付款进度、比例、到货时间等内容是否能符合公司实际支付价款的能力，货物的到货时间能否满足工程的实际要求。

6）由业主主管物资的领导出具授权书后方可签署合同。

（2）当发生纠纷时，按以下事项进行责任界定。

1）当发生纠纷后，应由外贸代理公司代表物资公司与供应商进行交涉谈判，协商解决。

2）物资公司在解决纠纷中，应为外贸代理公司提供公司所掌握的相关材料。

3）如果供应商在货物的交货时间及质量上发生违约事宜，物资公司只向外贸代理公司进行索赔。

20. 接受用户委托签订买卖合同时应主要注意哪些事项？

答：（1）用户委托物资公司进行招标时，应与公司签订招标委托协议。

（2）用户使用物资公司的买卖合同文本时，应特别注意用户是否对合同的条款有特殊要求。

（3）供应商可能是不经常与公司合作的厂家，要特别注意其资质及履约能力，为用户把好关。

（4）在合同执行过程中要协调好供应商与用户之间的关系。

21. 当中标通知书中没有分项报价，但签订合同确需供应商提供分项报价时，应怎样解决？

答：（1）对于成套的设备，如 GIS、10kV 开关柜等，在签订合同时确需厂商提供分项报价的，应要求厂商在总报价不变的条件下，对单项设备补充分项报价。

（2）应当按照该供应商以往报价的价格对本次的分项报价进行审查，遇有较大差异的应与厂家及时核对修改。

22. 什么情况下需注销合同，注销时应注意什么事项？

答：（1）以下情况需注销合同。

1）该工程取消，造成所有该工程项中的设备取消订货而注销合同。

2）该设备取消，在工程中不需要该设备而注销合同。

3）设备的规格型号发生重大变化而无法变更合同的，则先注销原合同，重新签一份新规格型号设备的合同。

（2）注销合同应注意的事项。

1）注销合同时，应积极与厂家协商，说明原因，取得厂家的理解。

2）注销合同须与厂家签订《注销合同协议》协议，载明须注销的工程名称、合同号和设备名称，自注销合同协议签订起，双方的权利义务终止。

3）若注销合同前，公司已向厂家支付了预付款的，应要求厂家退还；厂家已送货到现场的，应通知厂家将货物取回，发生的相关费用双方协商解决。

23. 合同罚责的一般内容是什么？实际如何执行？

答：（1）合同罚责的一般内容包括以下条款。

1）对于买方，要求按时付款。迟延付款的，除支付对方货款外，还应当按照一定比例支付违约金。

2）对于卖方，要求按时交货。迟延交货的，除交付货物外，还应当按照一定比例支付违约金；因迟延交货的原因造成买方损失的，卖方应承担该项损失。

3）对于卖方，要求按质量交货。货物的技术条件达不到双方约定的，受损害方根据标的性质以及损失的大小，可以合理选择要求对方承担修理、更换、重作、退货、减少价款或者报酬等违约责任。

4）卖方未按合同约定期限派出专业人员到达买方指定地点进行安装或指导安装的，卖方构成违约，卖方除应立即派员进行安装或指导安装外，还应当按照一定比例支付违约金。

5）在质量保证期内，如卖方提供的标的物造成买方或买方雇员人身或财产损失的，卖方应承担由此发生的全部责任和费用，但并不影响卖方根据本合同承担违约责任；如任何第三方因卖方提供的标的物质量受到人身或财产损失而向买方提起诉讼或索赔的，卖方应参加该诉讼或索赔，并承担全部责任及由此发生的全部费用，但因买方对标的物使用不当造成的除外。

6）双方不得无故终止合同，否则须向对方支付一定的违约金。

（2）在实际中，可按下列事项执行。

1）公司应当及时按照合同的约定支付厂家货款，避免因迟延付款造成的违约。

2）厂家若出现迟延交货的问题，应当及时催货，并且按照合同约定追究其违约责任，如果仍不能交货，应尽快与其解除合同并安排从其他厂家进行采购，避免因交货延误造成耽误工期。

3）切实把握好设备的质量关，要严格按照合同约定的技术条件对设备进行检验验收，对不合格的产品，要请厂家及时履行相关义务，保证公司采购到质量合格的产品。

4）双方均无故不能履行合同的，要按照合同约定的违约金数额进行索赔。

5）建立合同执行监控流程，以及时掌握每份合同从签订到最后执行完毕的过程的信息，使每一个环节都可控在控。

24. 中标人不履行与招标人订立的合同时，应当承担什么法律责任？

答：中标人对其违法行为应承担以下法律责任。

（1）中标人不履行与招标人订立合同的，履约保证金不予退还，给招标人造成的损失超过履约保证金数额的，还应当对超过部分予以赔偿；没有提交履约保证金的，应当对招标人的损失承担赔偿责任。

（2）中标人不按照与招标人订立的合同履行义务，情节严重的，取消其 2~5 年内参加依法必须进行招标的项目的投标资格，并予以公告，直至有工商行政管理机关吊销营业执照。

25. 什么是债权转让？在接到供应商要求将其债权转至其他公司享有，其义务由其他公司继续履行时，应提交什么资料？

答：（1）债权转让是指债权人通过协议将其债权全部或者部分转让给第三人的行为。债权在全部让与时，受让人取代原债权转让必须具备以下条件才能有效。

1）必须有有效存在的债权。

2）债权的转让人与受让人必须就债权让与达成合意。

3）转让的债权必须具有可让与性。

4）必须有转让通知。

（2）应提交以下资料。

1）债权人、债权承受人、债务人签订的三方协议。

2）给债务人的债权转让通知须加盖债权人、债权承受人的公章。

3）授权书，须证明被授权人有办理债权转让且签订三方协议的资格。

第五章

监 造 验 收

1. 订货周期、交货周期、合理周期的定义是什么?

答:(1)订货周期是从客户下订单到收货为止的一段时间。在订货周期要做以下工作:下订单,订单处理,货物生产、包装与配送等。

(2)交货周期是指从接到订单后到产品生产完成并发运给客户的一段时间。它与整个生产经营过程的效率有关,包括销售的接单过程、生产计划的编制过程、物料的采购过程、加工和装配过程、成品的发运过程等。

(3)合理周期是指从接到客户订单,充分考虑所定物品的生产周期,在双方约定的时间内,完成货物的生产、配送、验收等过程所需的时间。

2. 如何确保采购商品的产品质量?

答:采购部门在采购商品的过程中,为确保商品的质量,一定要做好采购前规划、采购中执行和采购后验收的工作。

(1)采购前规划:① 确定质量标准并开列公平的规格;② 买卖双方确认规格和图样;③ 了解供应商的承制能力;④ 买卖双方确认验收标准;⑤ 要求供应商实施质量管理制度(质量认证等级)。

(2)采购中执行:① 检视供应商是否按照规范生产;② 提供原材料的质量报告;③ 提供样品以供质量检验;④ 派人员现场监造,抽检在生产的产品;⑤ 质量管理措施是否落实。

（3）采购后验收：① 解决买卖双方有关质量分歧；② 严格执行验收标准；③ 提供质量异常报告；④ 要求卖方承担保证或保固责任；⑤ 会同专家一起验收；⑥ 淘汰不合格供应商。

3. 开展监造、验收工作的目的是什么？

答：开展监造、验收工作的目的是为更好地为委托方服务，加强设备制造过程及最终检验质量控制，确保设备制造过程中材料使用、配套采购、加工工艺、过程检验和出厂试验等符合合同要求。

4. 采用抽检的方式如何验收货物？

答：采用抽检的方式验收货物时，应检查以下项目。

（1）外观：包装、标志与编码、品质与产地、数量、完整性与状态。

（2）箱内：附件、备件、消耗及安装材料。

（3）随箱附件：工具。

（4）资料：图纸、说明文件、证书、报告等，应用软件及备份（载体）。

（5）设备质量有无污染、丢失、损坏，外观质量、随机提供的存储防护设施。

这些内容应事先根据合同编制在到货记录中，以免遗漏或偏离标准。

5. 哪些设备必须进行监造并提供资料？

答：按照中华人民共和国国家发展和改革委员会发布的《电网工程建设预算编制与计算标准》的规定，变电工程监造的范围及提供资料有：变压器、电抗器、断路器、组合电器等主要设备。其他设备、材料是否要监造，根据委托单位的要求而定。

6. 监造工作中发现哪些问题时监造小组有权要求制造商停工？

答：为了保证产品质量，制造商应严格按设计图纸、技术条件及检验标准进行制造，如发生下述情况之一，监造小组有权发出停工令。

（1）隐蔽工程（指在设备生产制造过程中，由于生产要求被覆盖、隐蔽不易被发现或直接看到的部分）未经检查验收，即自行封闭、掩盖。

（2）未经设计部门审查同意，擅自进行技术条件变更或图纸修改。

（3）原材料（协议中明确或用户指定）、外构件质量不合格（不符合技术要求、未按协议中要求选用指定供应商），擅自使用或无质量证明。

（4）制造工艺、程序严重违反规定（未按标准生产程序工艺要求，擅自简化更改规定，为产品在未来使用中埋下隐患）。

（5）已发生质量事故，未经分析处理，继续制造。

（6）零部件配套制造企业资质不明，操作人员无证上岗。

（7）产品制造过程中出现明显异常，原因不清，又无可靠改进措施，质量无法保证。

7. 监造计划的制定依据是什么？

答：监造工作是由设备采购部门根据用户监造委托进行的工作。监造计划的制定依据主要是供应商在签定商务合同后，根据交货期制定的设备生产进度表中所列各项工序生产时间安排。并结合设备生产制造工程中的关键点制定监造计划。监造单位依此制定监造计划。

8. 监造过程中发现问题如何处理？

答：监造人员在监造过程中发现重大质量问题（如试验结果未能达到技术要求）时，必须立即向制造单位出具书面停工通知，要求制造单位出具详细报告及生产进度。监造人员将监造结果及时报告项目专工、部门主管；对于特大问题（延误工期或未按设计要求造成设备严重缺陷无法使用），应报告公司主管副经理、公司总工，及建设单位、公司相关技术部门，根据工期安排及相应技术要求，组织协调有关部门进行相应调整。

9. 什么是文件见证点？

答：需要进行文件见证的质量管理点，称为文件见证点。制造厂提供的文件（如技术文件、材质证书、检验记录、试验报告、包装储运规定，以及原材料和配套件等合格证明等）供设备监理工程师或监造小组进行审查，审核的时间、地点可预先约定。

10. 什么是现场见证点？

答：对于复杂的关键的工序、测试、试验，要求进行旁站监督，该控制点称为现场见证点。对于检验见证点，制造厂必须提前通知设备监理工程师或监造小组，设备监理工程师或监造小组应尽量安排，但制造方不必等到设备监理工程师或监造小组到场。制造厂生产到某检验点时，制造厂应提前通知设备监理工程师在约定的时间内到达现场进行见证和对其制造实施监理。如果设备监理工程师未能在约定时间内到现场见证和监理，制造厂可认为设备监理工程师已认可，并自行检验，合格后转入下道工序，但应做好记录。

11. 什么是停止见证点？

答：对于重要工序节点、重要的特殊工序、关键的试验验收点必须在设备监理工程师、监造小组监督下进行，并对结果进行确认，该质量管理点称为停止见证点（也称停工待检）。对于停止见证点，制造方必须提前通知设备监理工程师、监造小组，设备监理工程师、监造小组到现场，如不到就应等待。制造厂生产到某检验点时应停止生产，并按要求通知设备监理工程师到场，如设备监理工程师、监造小组因故不能到场，则必须用书面形式通知制造厂，制造厂在未得到设备监理工程师、监造小组确认签字或未得到书面通知前不得自行检验，也不得自行转入下道工序。

12. 设备监造有几种方式？

答：监造方式主要有停工待检、现场见证、文件见证三种。停工待检项目必须有用户代表参加，现场检验并签证后，才能转入下道工序。现场见证项目应有用户代表在场。文字见证项目有用户代表查阅制造厂的检验、试验记录。以上方式和国际惯例一致。

13. 停止点监督的作用是什么？

答：停止点监督针对设备安全或性能最重要的相关检验、试验而设置，在现场进行作业监视。监督人员按标准规定监视作业，确定工序作业，重点验证作业人员是否符合上岗条件。

14. 设备监造的主要技术要点包括哪些?

答: 设备监造的主要技术要点包括编制设备监造大纲、包装技术要点、储运技术要点、发运技术要点。

15. 设备监造的主要依据有哪些?

答: 设备监造主要有以下依据。

(1) 设备供货合同、设计合同、安装调试合同有关的技术和质量条款。

(2) 设备监理合同。

(3) 设计图纸和文件、工艺方案和文件、工艺标准。

(4) 产品技术标准。

(5) 制造商质量体系文件。

(6) 监造大纲、监造规划与监造实施细则。

(7) 国家和地方有关法律、法规。

(8) 雇主、制造厂、监理方所签订的各种补充协议。

16. 设备监造中,在审查生产制造人员的上岗资格时,应审查哪些内容?

答: 为保证产品质量,杜绝生产制造过程中由于人为因素出现质量工艺问题(如焊接工艺,普通焊接与压力容器焊接的工艺技术和上岗资格是不同的),在审查生产制造人员的上岗资格时,应审查其技能、培训记录、相关证书。

17. 质量监控方式有哪些?并解释各种监控方式的适用情况。

答: 质量监控方式主要包括驻厂监造、巡回监控、设置质量控制点监控。

驻厂监造适用于单台设备庞大而复杂,价格比较昂贵,或是生产有一定数量的情况。见证点监理适用于生产数量少、对技术有一定要求的重要设备，也是目前常用的监理方式。审核制造商的加工工艺文件，将生产过程分解细化，确定质量监理控制点，并根据质量监理控制点的重要程度和特点将其分成：文件见证点、现场见证点、停止见证点、日常巡检（P点）。对于制造周期较长的设备一般采用巡回监控方式进行质量控制。

18. 监造验收资料的整理归档要求？

答：监造验收工作结束后，监造部门要搜集整理以下资料：① 监造工作的依据和标准；② 监造小组人员名单；③ 监造工作总结；④ 监造过程中发生的问题、处理过程及结果；⑤ 监造见证表；⑥ 实物照片；⑦ 监造往来文件信函；⑧《物资设备监造验收大纲》。

以上资料进行整理留存，待工程正式竣工后，作为工程资料档案移交。

19. 什么是监造工作中的日常巡检？

答：日常巡检是指监理人员在生产车间了解加工人员执行工艺规程情况、工序质量状况、各种程序文件的贯彻情况、零部件的加工及组装试验状况、不合格品的处置情况以及标识、包装和设备发运情况。

20. 监造工作中如何对设备生产的原材料、主要关键零件加工用的原材料、对外购件进行监督？

答：（1）对设备生产的原材料进行监督。对原材料的监督主要审查原材料的出厂合格证、原材料的质量保证书或理化实验报告等。如果一批原材料数量特别大，金额又较大，应该对生产厂进行实地考察后再验货。

（2）对主要关键零件加工用的原材料进行监督。对主要关键零件加工用的原材料的监理，必须件件监理，除了提供必要的原始质保书外，还要进行抽复验检查。

（3）对外购件进行监督。审查外购件的出厂合格证，有性能要求的要验看质保书或实验报告，对某些重要的性能可进行复查，有操作要求的要查看说明书是否齐全，对发放许可证的设备一定要看到许可证编号。

21. 监造与验收的区别？

答：验收工作是在设备生产制造完毕后，对设备进行检查是否符合设计和技术规范所提出的要求，验收分为厂内验收、现场验收及安装调试验收。

监造是指为保证设备在生产制造过程中，满足设计及技术协议和规范的要求而进行的监督制造过程。监造分为停工待检、现场见证、文件见证三种形式。

第六章

仓 储 保 管

1. 电力企业仓储管理的基本任务和具体任务是什么？

答：电力企业仓储管理工作的基本任务是从满足电力生产需求出发，及时、准确、保质、保量地搞好物资供应，为企业生产建设服务。

电力企业仓储管理有如下具体任务。

（1）严格把好入库验收关，确保入库物资数量准确、质量完好，并使物资储存、供应、销售各个环节平衡衔接。

（2）搞好在库物资保管保养工作，避免不必要损耗，最大限度降低物资自然损耗，如实登记仓库实物账，经常清洁、盘点库存物资，做到账、卡、物相符。

（3）督促物资的合理使用与节约，并搞好物资回收和综合利用。

（4）搞好仓库主要经济技术指标考核工作，加强经济核算，提高经济效益。

（5）健全仓库管理制度，不断提高管理水平。

（6）加强仓库安全工作，搞好安全操作、劳动保护、仓库消防及防汛防盗工作。为了使仓库管理规范化，保证财产物资的完好无损，要根据企业管理和财务管理的一般要求，结合公司的具体情况，制定仓库管理工作细则。

2. 物资入库时，保管员应做的基本工作是什么？

答：（1）外观质量检查。物资到货时，仓库保管员先进行外观质量检查，核对物资名称、规格、件数是否与"发货清单"相符，包装有无开启、挤压、损坏、玷污、水浸等情况。一般物资要在1~3日内，批量大的或特殊物资应在7日内完成接收检查，大宗的抽验不低于15%。

（2）核对数量。对数量短缺和物资运输过程中受损情况，应如实填写《物资到货问题记录》，并及时反馈给采购部门，可采取拒收、返厂修理或更换等措施解决。同时，在发货清单上作交接问题备注。进口设备到货，发现以上情况应摄影备查，交商检、外贸、保险部门处理，无异状时方可进行验收。

（3）办理移交手续。对入库件数正确、无破损的合格物资，仓库保管员应在"发货清单"上签字接收，并将"发货清单"的复印件留存备查。

（4）做好收货记录。要在物资入库当日填写《到货验收记录卡》。

（5）办理收料手续。仓库保管员签收"收料单"，加盖收发章，填写实收数，并保留"收料单"的粉联、黄联和蓝联（粉联作为仓库记账凭证，年底同账卡转交给公司的档案科留存；黄联和蓝联作为财务结账、报销凭证，每月转给财务部门）。

（6）到货技术资料的管理。有技术资料的，要妥善保管好资料并登记造册，以便发放时随物资一并发出，不能随意借阅。

（7）参与特殊物资的到货验收。特殊设备、贵重物资、进口设备、精密仪器、剧毒物、易燃易爆品的验收，应会同有关部门共同验收，详细填写接收记录，进行特级保管。

3. 物资验收中发现问题如何处理？

答：（1）物资验收中发现名称、规格、质量不符合规定、超过保质期的物资，拒绝收货。

（2）技术资料不全的物资，要单独存放在仓库中并立即向采购部门报告，由采购部门向供应商催要缺失的技术资料。

（3）数量与发货清单不符的，损耗在规定磅差之内，仓库应按照实际数量验收并作损耗处理；超出规定时，应做出磅码清单，由采购部门联系解决，在解决之前不能动用。

（4）与规定质量包装要求不符或供方部分错发时，仓库保管员先验收其中的合格产品，其余待采购部门与供应商联系退货或换货后再作验收。

（5）仓库保管员在处理以上问题时应及时填写《物资到货问题记录》，同时向采购部门反馈，跟踪并填写处理结果。

4. 入库物资的存放要求是什么？

答：（1）对入库的物资应按照工程项目、剩余物资、备品备件、拆旧物资、暂存物资、代保管物资分类存放，每类物资应有固定的存放区域。

（2）要根据储存任务和仓库的具体情况，按物资的性能、属性和存放要求做到分区、分类、合理布局，库容整洁，堆码有序，标记鲜明。

（3）按照物资的不同材质、规格，要做到"四号定位"、"五五码放"，做到规格不串，材质不混，数量准确，账、卡、物、证相符，确保库存物资无差错、无损失。

5. 仓储管理中"四号定位"、"五五码放"的内容是什么？

答：四号定位：是指存放物资的库号、架号（区号）、层号、位号用统一的编码原则固定下来进行标识，并应与账页记载相一致。

五五码放：是指以"五"为基本计算单位，根据物资的不同形状码成各种不同垛形的方法，每垛总数为"五"的倍数。

6. 怎样标识在库物资？

答：（1）每个库房的入口应有库房存放物资类别、区域布置图，每类物资存放区域应有明显的标识。

（2）每类物资区域应编排顺序号。除工程项目物资外，各类物资应按照物资类别、入库或转库时间顺序标识。

（3）应用"物资标识卡"对存放物资进行标识，不同类别物资用不同颜色的标识卡，标识卡应能方便替换，室外存放的物资标识卡应能防水、防晒，并应固定。

（4）工程项目物资应标识工程项目名称、物资名称、数量、入库时间；剩余物资、备品备件应标识物资名称、数量、入库时间、物资的有效性；暂存物资应标明物资名称、数量、入库时间、暂存原因；代保管物资应标明名称、数量、入库时间、物资所属单位；物资类别填写工程、剩余、备品、折旧、暂存、代保管，物资状态填写有效、待鉴定、待试验、待报废。

（5）应在物资接收入库1日内完成物资存放标识设置。

7. 存放工程剩余物资的要求是什么？

答：工程项目竣工后，工程项目剩余物资应存入剩余物资存放区域。对于受库内起重机械条件限制或不易多次搬动的物资，在入库时应尽可能一次就位并作好标识。

8. 物资出库应掌握什么原则？

答：（1）当领料单位领料时，要检查领料单上计划员签字日期是否有效（自签发之日起至领料之日止，时效1个月），对于超过有效期的领料单保管员将不予发料，并告知领料单位重新签发领料单。

（2）应根据填写完整和签字齐全的领料单发料，领料单填写不完整或签字不全，仓库保管员应拒绝发料。

（3）为防止记账不正确和领料单丢失，领料单应"一单一料"，领料单和收料单应对应存放。

（4）仓库保管员应严格按照领料单上所注的物资名称、规格、数量清点数量和发料，与领料人员当面点交物资的品名、规格、数量及附件；发料后应在领料单上填写实领数量，盖章、签字。保管员与领料人员不得擅改领料单上应领的数量。

（5）物资出库时应将其附带的技术资料、合格证明、图纸说明书、试验资料一并移交给领料人签收。

（6）事故应急情况的物资领用，应按照相关的应急程序执行，相关人员应在3个工作日内补办领料手续。

（7）应坚持先进先发和易损先发的原则，要求先收料后发料，未办理入库手续的物资不能发料。

（8）发放剧毒、易燃、易爆危险品时，必须要有安全保护措施，执行安全保卫部门的规定，并在安全部门人员监督下进行出入库作业。

（9）工程剩余物资发放，可用原价冲回工程成本，调拨到其他工程时应办理一退一领手续。

9. 什么叫物资的保管保养？如何做好物资的保管保养工作？

答：物资的保管保养，是指仓库保管员根据各种物资不同的性能特点，结合实际情况，对物资进行不同的保管和维护保养，以确保库存物资完好无损。在库物资的保管保养关系到物资质量的完好和数量的准确，因此，物资的保管保养是仓储管理的中心内容。

要从以下几方面做好保管保养工作。

（1）收发物资后应及时清理存放场地。

（2）定期对库房、货场进行清扫，保持库容整洁。

（3）根据不同物资的属性做好相应的保养工作，如做好易锈蚀的设备的防锈工作，检查充油设备油标液面位置和本体有无渗漏油现象，充气设备检查气压表压力是否正常。

（4）做好防汛、防火、防盗安全工作。

10. 仓库露天存放物资应注意什么？

答：仓库露天存放的物资应采取妥善的保管措施。

（1）做到防风、防雨、防变形。如上盖下垫；码放平稳；防止进水受潮；不以重压轻，以大压小，造成变形。

（2）为了不影响安装使用，有些物资还要保持水平存放，如一些开关上的拉杆要放平整防变形。

11. 为什么要进行物资盘点？常用的盘点方式有哪些？

答：物资盘点是检验仓库管理工作好坏的重要标志，通过盘点可使保管人员做到心中有数，及时发现并纠正保管工作中存在的问题，是确保物资账、卡、物、资金相符的有力手段。

常用的盘点方式有随时盘点和定期盘点。

（1）随时盘点：物资收发后应及时盘点。

（2）定期盘点：按月、季或年进行全面大盘点。

12. 盘点中发现盈亏怎样处理？

答：在盘点过程中发现物资盈亏时，应对盈亏现象进行分析，查找造成盈亏的原因，并依据不同原因分别作出相应处理。

（1）发放错误。发放错误时应找到原领料单位进行调换；若已使用，应重新开票进行冲回和支出。

（2）记账错误。若未结账，则按记账要求进行纠正；若已结账，应对原收料单或领料单进行冲回和支出。

（3）其他原因。应填写"库存物资盈亏报告单"，按库存物资报损程序上报，经批准后再做账务处理。

13. 发料时必须坚持"三检查"、"三核对"、"五不发"，其内容是什么？

答：（1）三检查：① 检查物资的品种、数量、规格、质量、包装的齐备和完好情况；② 检查发料凭证是否正确无误；③ 检查随物资发放的技术资料是否齐全。

（2）三核对：① 核对实物与账卡是否相符；② 核对账卡与发料凭证是否相符；③ 核对发料凭证与发放实物是否相符。

（3）五不发：① 无发料凭证与未经签批手续的不发；② 应附技术资料而未附的不发；③ 质量不符的不发；④ 规格不符、配件不齐，应配套而未配套，应附工具而未附的不发；⑤ 未经验收入账建卡的不发。

14. 仓储物资做到保质保量的具体要求是什么？

答：保质的要求：保证物资在库期间，不因人为保管不当造成变质、损坏、损耗。

保量的要求：无论物资在库时间长短，都应保证数量准确，做到账卡物相符。

15. 对暂存物资需要办理什么手续？

答：对于在仓库暂存（存放 5 日之内）的物资，采购部门应填写"暂存物资审批单",经部门负责人批准后仓库管理员可不入库记账,但承担保管职责。采购部门人员按期持"暂存物资审批单"提货。

16. 物资记账和结账的工作要求是什么?

答:仓库保管员应按照工程项目、剩余物资、备品备件、拆旧物资、暂存物资、代保管物资类别分别建立库存物资台账,并按入库、出库、转库时间顺序登记库存物资台账。

(1) 记账是指对物资日常的入库、出库、转库的物资台账的建立和登记。

1)实物入库时,应填写到货验收记录卡。

2)填写"器材收发明细卡"(即库存物资台账)时,应按品名、规格、单价分别登记,成套物资应填写套内分项物资明细,库存物资台账应做到日清月结。

3)"器材收发明细卡"应按照物资类别分别存放。

4)记账应做到"五不"、"八准确"。当发生错记账时应用红笔工整地划双线划掉,加盖个人名章,然后将正确的数字写在红线上的另一行。

5)剩余物资退库后,仓库保管员应用红字在"器材收发明细卡"上支出栏内记载,不得记在收入栏内,结存上反映库存增加,以表明物资冲减了原工程成本。

(2) 结账是指在月末对当月物资收发数量和资金进行统计并与财务部门核对账务。

1)每月20日对当月收发凭证和分项台账进行归集、汇总、核对。

2)编制"库存物资资金余额表"。

3)将"库存物资资金余额表"和收发凭证转交财务部门。

4)对于限期结算的工程项目,在收到工程结算通知后,应于 5 个工作日内完成该项工程的结账工作。当出现工程剩余物资时，应填写"工程剩余物资台账"，并将该项工程剩余物资清单转交采购部门。

5）结账后，应将收发凭证归档保存。

17. 保管员结账时需要做哪些工作?

答：（1）对虚拟出入库的工程收领票，要按照采购部门转发的"设备及设备安装费用价款结算审定表"一一进行核对，确认无误后将在收料单上填写实收数量，再填写收料人的姓名，然后盖上收发讫章。在领料单上填写实发数、单价、总价、发料人的姓名，然后盖上收发讫章。

收料单和领料单各有五联（分别为白、粉、蓝、绿、黄联）。其中仓库将收、领料粉联留下；将收料单的黄联、领料单的黄联及蓝联转交财务部门，将收料单的白联、绿联和领料单的绿联转交采购部门。

（2）对正常出入库的收、领凭证，在每月 20 日将当月已做收料和领料凭证联，即黄联和蓝联转交给财务部门。

（3）按照工程的资金来源，分别做好收发资金、库存资金的统计工作。即余额表、资金表在每月 25 日之前上报给财务部门。

（4）在结账时，对库存物资进行认真地核对，并填写库存物资台账及工程剩余物资台账，在每月 25 日之前上报公司领导、采购部门、招标部门。

18. 物资在应急情况下出库的程序是什么?

答：在应急状态下，需要紧急调运库存物资时，按照应急程序，由公司主管领导通知仓储配送中心负责人，仓储配送中心负责人电话通知仓库，并组织应急物资的配送。计划员在 3

个工作日内补齐领料手续。

19. 电瓷类产品应如何进行验收和保管？

答：（1）电瓷类产品（支瓶、吊瓶、套管）的验收。

1）电瓷类产品到货后，首先对包装木箱、条筐进行检查，是否有挤瓷等损坏情况及电瓷是否有损伤的情况，如发现有损坏情况应及时与运输人员联系，查清损坏原因及责任，做好验收记录。

2）验收电瓷类产品时，核对到货实物型号、规格、数量是否与收料单相符、厂家出厂证明及标准相符。

3）认真检查电瓷类产品外观是否有掉瓷、掉釉、裂纹缺陷，有附件的电瓷接合处是否严密、牢固、平直。

4）内部充油的瓷套要检查是否有渗漏油现象；高压变压器瓷套、高压油开关瓷套验收时发生技术性疑问，应联系有关部门验收。

5）电瓷类产品外表可按国家有关技术标准检查电瓷是否合格。

（2）电瓷类产品保管。

1）电瓷类产品应储存在库房内或料棚中，对于附有铁件的电瓷要存在通风干燥的库内，防止铁件受潮生锈。

2）高压大型电瓷类产品一般应放在原包装内存放，若存在库房内无包装存放，每个瓷件间应有一定距离并采取可靠措施不致碰撞。注油高压套管，存放在木架上固定。

3）成批装箱的瓷件可以连箱重叠码放。垛高应根据包装的坚固程度而定，以保证不压坏底层包装及瓷瓶。

20. 电缆应如何进行验收及保管？

答：（1）电缆的验收。

1）每盘电缆应附有出厂产品检验合格证，卷绕电缆的铁盘或木盘应完整无损，其铁盘或木盘板面应有出厂标牌，牌上标明生产厂名、电缆名称、规格型号、额定电压、长度、质量、盘号、制造日期、盘面上应标明滚动方向的箭头。

2）各种电缆表面的防腐保护层应无断裂、机械损伤和压扁等缺陷。裸钢带铠装应光滑、平整无锈蚀，外护套应无划伤开裂现象，电缆封头应密封牢固，电缆外护套上应标有厂名和长度标记。

3）电缆应紧密整齐地卷绕在牢固的电缆盘上，内层一端应从孔眼引至外侧固定并加钉保护盒，以防磨伤，外层一端固定在内侧上，包装盘的周围应钉有保护板。

（2）电缆的保管。

1）电缆应在库内或库棚内保管，并应防止日晒雨淋、封头进水受潮、过冷（不低于 −10℃）、过热（夏天避免太阳直射），以防保护层受损，缩短电缆的使用寿命。

2）交联、橡套电缆不能与酸类及矿物油等接触，应与火源火种隔绝或远离。

3）码放电缆筒轴与地面平行，不得使筒轴与地面垂直倒放。用木盘卷绕包装的电缆，可以重叠码垛，垛高为立码两盘，垛形为立方压缝。在垛的底层两端必须用三角形木块卡住，以防滚动翻垛。垛底可根据地面防潮情况适当垫高，以利通风不受地潮。

4）滚动时应按箭头滚动。

5）如零星发货，电缆头必须采取密封措施。

6）电缆应以出厂保险期为储存期限，但最长不宜超过一年半。特殊情况另论。

21. 高低压开关柜、控制屏应如何入库验收及保管？

答：（1）高低压开关柜、控制屏的入库验收。

1）依据收料单和装箱清单对入库的开关柜、控制屏进行外包装检查，包括品名、规格、型号、生产厂家和件数。

2）外包装应无损伤。发现有损伤时，应由运输单位或厂家代表确认签字后，通知采购部门、建设单位、厂家代表到达现场开箱检验，根据检验结果进行入库、退货或换货处理。

（2）高低压开关柜、控制屏的保管。

1）柜、屏应在防尘、防震、干燥通风的库房内保管，库房内不能有腐蚀金属和破坏绝缘的气体存在。

2）柜、屏不宜重叠垛码，应按技术条件直立，不能倾斜放置，以防在储存期间柜架变形。

3）柜、屏附带的配件应配套存放。

22. 仓库保管人员防汛工作职责有哪些？

答：（1）仓库保管员应掌握防汛工作机构和防汛预案，遵守防汛管理制度。

（2）仓库保管员应了解库区防汛重点部位及防汛应急措施。

（3）仓库保管员应掌握各类电力物资的存放情况，对于露天存放的物资应采取相应的防汛措施。

（4）汛期内应定期巡视仓库防汛重点部位，检查防汛设施及器材完好状态。

（5）雨天要重点监视库区防汛部位，关注排水是否通畅，库房是否发生渗漏，紧急情况下应采取应急措施。

（6）汛期前应组织好对库区防汛设施的检查。

（7）汛期结束后应针对汛期间的问题进行处理。

23. 仓库防汛工作的主要内容是什么？

答：（1）检查库房屋顶有无漏雨现象。

（2）检查溢水管有无堵塞、是否畅通。

（3）检查库区排水是否畅通，有无堵塞。

（4）检查库区是否有溃水现象。

（5）检查库存电力物资汛期存放是否安全。

（6）检查仓库防汛器材是否准备充足到位。

（7）公司防汛机构是否健全、防汛预案是否有效。

（8）仓库防汛期间信息是否畅通有效。

24. 仓库应准备的防汛物资有哪些？

答：为了应对突发的汛情，仓库需备有铁锹、镐、大绳、排水泵、沙袋、防雨布、胶鞋、雨衣、应急灯等防汛物资。

25. 出现雷雨强对流天气时仓库值班人员应注意什么问题？

答：（1）值班人员要注意人身安全，严禁在室外高处作业。

（2）应避免走在树下，电线杆等导体下。

（3）应避免佩带金属饰物及有金属把手的雨伞。

（4）避免接打手机，最好关机，使用座机。

26. 应对露天存放的物资采取哪些防汛措施？

答：（1）露天存放物资只限于属于在户外工作的电力设备，属于在户内工作对工作环境有较高要求和对存储环境有较高要求（温度、湿度、清洁）的物资，不得在露天存放。

（2）露天存放的物资应远离排污口 2m 存放，底部应垫高 150mm。

（3）防潮物资应用防雨布苫盖并捆扎好，防止大风掀翻。对存储环境有特别要求的物资应按要求存放。

（4）存放的电力物资要有专人负责，定时进行检查，如变压器油压、组合电器气压、苫布严密程度、塑料布有无破损、电缆头是否开裂等。

（5）存放的电力物资发生问题时，除要及时上报，还要积极采取措施确保安全。

27. 在现场验收物资发现有质量缺陷时如何协调处理？

答：（1）物资到场后由监理组织对到场物资进行开箱验收，工程监理、施工单位、物资公司、供应商（供应商接到物资公司通知，不能到达现场，供应商须认可现场检验结果）必须全部到场；

（2）质量验收依据为商务合同所签订技术条件以供购双方技术人员认可，并由监理单位签字的技术变更文件；

（3）对物资外观、规格、型号、数量、技术资料逐一核实、验收，并填写现场设备移交验收单。

（4）发现物资缺陷时按照以下程序进行处理。

1）取证、记录。

2）由监理组织相关单位组织分析会，对物资质量缺陷出具处理结果及方案。如不影响安装或产品技术参数现场可处理的缺陷（缺少螺丝，轻微碰撞等），经工程监理、建设单位、设计单位、施工单位、供应商、物资公司共同确认后约定处理。工程监理、建设单位、设计单位、施工单位确认，现场不能处理且判断不了是否影响技术参数及产品特性，安装调试完成后对整体运行有安全隐患的缺陷，经几方确认后，必须返厂处理，并重新试验出具合格的试验报告。

3）物资公司协调供应商根据分析会出具的结果及处理方案进行处理，处理完毕后由监理方出具产品合格验收单。

4）物资公司对物资发生的质量缺陷，须从始至终进行跟踪，并按设备类型归档，最终将汇总上报有关技术部门。

第七章

物 流 配 送

1. 什么是配送（运输）？

答：运输是指用设备和工具将物品从一个地点向另一个地点运送的物流活动，包括集货、分配、搬运、中转、装入、卸下、分散等一系列操作。在物流系统当中配送是最为重要的综合功能要素，可将仓储和区域送达运输业务紧密结合，直接承担着商品空间价值实现客户满意水平的职能作用。

2. 现代物流对运输成本的降低主要体现在哪些方面？

答：运输成本在现代物流总体中占比重较大，虽然物流组织的形式或供应链的结构不同，但运输成本在物流总成本中大体占 50%～90% 的比例，所以，运输成本的高低直接关乎物流成本的大小。现代物流对运输成本的降低主要体现在以下五个方面。

（1）要具有较低的运输成本。

（2）运输成本具有比较优势和竞争性。其含意是同一种运输方式的运输供应商在成本较低的基础上，因管理与经营的优势而具有与其他企业竞争的能力，或不同运输方式企业因运输组织方式、服务方式的合理和科学，使完成运输全过程的成本具有系统性竞争优势。

（3）运输成本比较稳定。在一定时间和空间范围内，确保物流系统的稳定性。

（4）运输成本可以调节和控制。现代物流是一项管理技术，管理技术的特点是应用该技术形成的管理系统随管理对象的改变而可以改变，但在这种改变中，对运输的组织会发生变化，运输成本在这个过程中，就要能够调节和控制，以适应这种系统的变化。

（5）运输成本可以不断降低。在物流服务规模化运作的情况下，通过科学合理的运输与管理具备较大的降低运输成本的空间。

3. 如何提高运输效率？

答：运输效率的高低除取决于运输技术和装备外，运输组织的合理性和运输衔接的快捷性也是较为重要的因素。

（1）运输组织的合理性。要求运输企业的服务组织、运输过程的指挥与调度等要科学合理，适应或符合物流系统对运输组织的高效率要求。

（2）运输衔接的快捷性。在完成运输的过程中，往往要求不同运输方式之间、运输与节点之间的衔接要尽可能节省时间，以保证所需的运输效率。

4. 物流对运输质量的要求有哪几方面？

答：物流对运输质量的要求是一个较为宽泛的概念，条目既多且细，即包括运输成本、运输时间、运输效率、运输能力、运输安全等方面的具体指标性要求，这些要求集中体现了物流对运输服务的可靠性的要求，同时，也包括单证传递、信息传递、信息服务等方面的质量要求，反映了物流管理对运输管理的可靠性、运输组织的可靠性等方面的要求。因此，在反映物流服务质量的指标中，相当部分是针对运输过程和环节的。

5. 运输的安全性主要体现在哪些方面？

答：运输的安全性集中体现在以下两个方面。

（1）运输车辆的安全。从总体上分析，运输车辆的安全既是技术性指标，也是管理指标，只有选择技术可靠的适应物流服务要求的车辆，以及在管理上保证车辆的安全，才能达到安全的目的。

（2）运输货物的安全。货物安全也是构成运输安全的因素之一，除去车辆自身因素对货物安全的影响，货物安全主要来自运输装卸过程的作业安全，驾驶员按照安全规程操作，货物在承运车辆上固定措施、防盗措施、防变质、毁损等措施。

6. 物资配送运输服务质量及内容是什么？

答：服务质量包括服务的技术质量和服务的功能质量。服务技术质量是指顾客（建设单位、厂家）通过消费服务得到了什么，即服务的结果。服务功能质量是指顾客（建设单位、厂家）是如何消费服务的，即服务的过程。运输、配送服务是使用户的物品发生转移，以及向用户提供与物品转移相关的服务功能。运输、配送服务质量是运输、配送主体向用户提供运输、配送服务所能满足用户要求的功能和特性总和。因此，运输、配送的物品数量，运输、配送的行程等属技术质量；运输、配送的方便性、及时性、灵活性、事故的可补救性，以及服务态度、信息沟通等则属运输、配送的功能质量。技术质量是客观存在的，功能质量是用户对运输、配送服务过程的感觉和评价，带有主观性。功能质量的优劣以用户满足的行为作为衡量标准。

7. 配送运输方式有几种？

答：（1）联合运输。一次委托，有两家以上运输企业或用两种以上运输方式共同将某一物品运到目的地的运输方式。

（2）直达运输。物品由发运地到接收地，中途不需要换装和在储存场所停滞的运输方式。

（3）中转运输。物品由生产地运达最终使用地，中途经过一次以上落地并换装的运输方式。

（4）集装运输。使用集装器具或利用捆扎方式，把裸装物品、散粒物品、体积较小的成件物品，组合成为一定规模的集装单元进行的运输。集装箱运输是单元货物运输的一种常用的货运方式，分整箱运输即一个集装箱装满一个托运人同时发运给一个收货人的货物运输，拼装运输即一个集装箱装入多个托运人或发给多个收货人的货物运输。

（5）国际多式联运。按照多式联运合同，以至少两种不同的运输方式，由多式联运经营人将货物从一国境内的接管地点运至另一国境内指定交付地点的货物运输。

（6）班轮运输。在固定的航线上，以既定的港口顺序，按照事先公布的船期表航行的水上运输方式。

（7）国际货运代理。接收进出口货物收货人、发货人的委托，以委托人或自己的名义，为委托人办理国际货物运输及相关业务，并收取劳务报酬的经济组织。

（8）报关。由进出口货物的收、发货人或其代理人向海关办理进出境手续的全过程。

8. 配送专责人接到配送任务后，应做好哪些工作？

答：配送专责人接到配送任务后，应在半个工作日内做好以下工作。

（1）核对《设备配送验收移交单》的各项内容，包括物资要求的到达时间，指定地点，建设单位及其联系人、联系电话，生产厂家及其联系人、联系电话，工程名称、设备名称、规格、单位、数量及其他要求等，防止发生差错。

（2）填写相应的安全生产工作票，进入带电变电站用《变电站第二种工作票》，进入非带电变电站、新建站用《班组工作安全措施票》。

（3）使用《变电站第二种工作票》要按安全条款一一填写清楚，不留空格，并请有审批权的人员审批签字。如进入带电区域内工作，要报安监部门备案并派出现场安全监护人。

（4）依据《设备配送验收移交单》与建设单位或施工单位现场负责人取得联系，讲清此次配送物资的工程项目、物资的品名、规格、型号、数量、生产厂家及到达的时间等。

（5）与生产厂家取得联系，确定物资到达的准确时间及现场联系人。

9. 配送专责人到达现场后，如何做好验收、移交？

答：（1）按《设备配送验收移交单》时间要求，准时到达现场。进入现场后，首先与现场负责人取得联系，并听从现场负责人指挥，在指定区域内工作（指非带电区）。

（2）戴好安全帽，向现场负责人出具《变电站第二种工作票》（指带电变电站），待现场负责人认可后，方可开始工作，并按工作票制定的安全措施严格执行。

（3）与建设单位或施工单位负责人共同对配送物资进行验收和交接，验收交接以《设备配送验收移交单》为准，核对工程项目，物资的品名、规格、型号、单位、数量、质量（指外观）、附件、技术资料等。

（4）双方核对无误后，建设单位或施工单位负责人，应在《设备配送验收移交单》、《领料单》上签字验收，并将《设备配送验收移交单》（一份）交建设单位负责人留存。

（5）如在交接工作中出现矛盾或问题，配送人员应本着优质服务的原则，尽量协调妥善解决，必要时填写《客户需求信息反馈表》，并及时转交有关处室项目负责人。

（6）配送人员应监督现场装卸的全过程，如发现安全隐患，应及时有效地进行制止，同时与装卸人员制定安全的装卸方式，以保证人身和设备的绝对安全。

（7）验收移交工作完毕后，应请现场负责人在《变电站第二种工作票》上签字盖章。

10. 完成配送任务后，配送专责人还应做好哪些工作？

答：配送专责人完成配送任务后，应在半个工作日内及时将《设备配送验收移交单》、《领料单》、《变电站第二种工作票》、《班组工作安全措施票》、《客户需求信息反馈表》返回配送计划员，并反馈配送工作的有关信息，特别是客户需求信息，并做好个人工作日志。

11. 配送计划员收到配送人员返回的各种单据后，应做好哪些工作？

答：（1）及时将有关单据返回采购部门有关项目负责人，包括《设备配送验收移交单》、《领料单》等。

（2）及时将物资配送中的有关信息反馈给有关项目负责人，并将《客户需求信息反馈表》转交采购部门项目负责人或其他处室有关人员处理，并请有关人员签字接收办理，配合采购部门完善物资的验收移交工作，做好优质服务。

（3）做好单据的统计、保管、建档工作，包括《设备配送验收移交单》、《客户需求信息反馈表》、《变电站第二种工作票》、《班组工作安全措施票》等，并将《设备配送验收移交单》入机保存。

（4）配送计划员每月底30日前应将《工程到货物资现场

验收移交情况一览表》、《设备配送验收移交单》、《变电站第二种工作票》、《班组安全措施票》等单据做好统计并上报。

12. 在运输超限大件物资时应注意哪些事项？

答：（1）检查运输超限车辆，核实载重量（长、宽、高）是否符合交通安全管理规定和上路行驶有关规定，提前做好协调工作。

（2）用超长架装载超长物件时，在其尾部设置标志；超长架与车厢固定，物件与超长架及车厢捆绑牢固。

（3）车辆行驶前仔细检查装载物体的加固情况，设置必要的示宽、超高标志。

（4）超重物件重心与车厢承重中心要基本一致。

（5）易滚动的物件顺其滚动方向用木楔掩牢并捆绑牢固。

（6）押运人员应加强途中检查，防止捆绑松动；通过山区或弯道时，防止超长部位与山坡或行道树碰刮。

13. 超限物资运输合同的主要内容有哪些？

答：超限物资运输合同规定了甲乙双方的责任和权利，包括运输装卸方案、技术要求、时间、地点要求、价格、结算时间与方式、保险、乙方造成损失的赔偿、甲乙双方发生纠纷的解决方式等。

14. 运输安全协议签订的主要内容有哪些？

答：为了更好地保证设备在运输过程中的安全，最大限度地规避运输风险，托运方与承运方需签订《运输安全协议》，主要包括以下内容。

（1）甲方负责提供设备运输技术要求。

（2）乙方根据甲方的要求制定相应的安全措施。

（3）甲方负责提供作业的现场应符合乙方安全作业的条件。

（4）乙方如果发现作业现场不符合安全作业环境，有权停止作业。

（5）乙方如果在运输或装卸过程中发生丢失、损坏物资的情况，由乙方负责全额赔偿或折价赔偿等。

15. 如何进行超限物资运输道路的勘查？

答：（1）组织委托方和生产方的相关人员，根据物资特性，对行车路线进行现场勘查。

（2）道路勘查的重点：应对所经过道路的桥梁、涵洞、立交桥、铁路道口等，对限高、限重、禁行、弯路、坡路等地点，进行实地勘查，并做好记录。

（3）做好相应的准备工作并制定出有针对性的安全措施。

16. 如何进行超限物资运输装卸现场的勘查？

答：（1）应组织委托方和生产方的相关人员对装卸现场进行实地勘查。

（2）与施工现场负责人做好沟通，了解现场装卸位置、范围及要求。

（3）检查现场是否具备装卸条件，周围环境是否安全，有无带电区域，地下有无管线，装卸现场上方有无高压线，吊车作业半径有无障碍物等。

（4）根据现场实际情况制定安全生产工作票。

17. 交通法规对超限物资运输有哪些规定？

答：机动车运载超限的不可解体的物品，影响交通安全的，应当按照公安机关交通管理部门指定的时间、路线、速度行驶，悬挂明显标志。在公路上运载超限的不可解体的物品，应当依照公路法的规定执行。

18. 随车押运超限物资有哪些注意事项？

答：超限物资运输工作涉及货物价值高、技术要求高、运输难度大，所以，必要时甲方人员应随车押运。随车押运应注意以下事项。

（1）随车押运人员的主要工作，是监督运输单位是否按照运输方案和安全措施，在指定路线上行驶。

（2）监督超限物资是否安装好安全标志（如白天挂红旗，夜间挂红灯）。

（3）随车押运大型变压器前，应对冲击记录仪数据进行记录。到达地点后，应再次对冲击记录仪数据进行核查对比。

（4）随车押运组合电器（GIS）时，应随时注意观察六氟化气硫气体压力表的变化情况。根据压力表指针变化情况，判断气体是否正常或漏气。

（5）在运输当中须中速行驶，听从交警指挥，在指定的路线上行驶。

（6）注意道路两侧及高处障碍物，特别要注意立交桥和涵洞的限高标志和桥梁的限重标志。

（7）车辆必须备有挑线用绝缘工具和其他安全工器具。

（8）遇到大风、大雾、暴雨等恶劣天气时，应停止作业。

19. 如何监督大型设备的装卸工作？

答：大型设备进入现场后，应听从现场负责人的指挥，在指定的区域内进行装卸作业。现场人员应对装卸的全过程进行监督，有以下监督内容。

（1）严禁进入带电区域，并与带电区域保持一定的安全距离。

（2）监督吊车作业半径内不得有障碍物，起重机吊臂下严禁站人。

（3）监督吊装工作人员的个人安全措施（安全帽、防护用品等）。

（4）监督被吊大型设备的状况，严格按照设备起吊点（或标志处）进行吊装作业，防止倾斜，必要时加装"晃绳"防止设备晃动。

（5）监督设备起吊后，起重臂下严禁人员通行。

（6）监督夜间装卸现场照明情况，照明设备应满足夜间现场作业条件。

（7）地下变电站的吊装要有预留吊装支腿基础。

20. 大型设备的交接程序有哪些？

答：大型设备的交接，要按照配送工作程序，依据《设备移交单》，与建设单位现场负责人共同核对工程名称、物资品名、规格、型号、数量、质量（指外观）、设备配件、技术资料等，进行现场交接，双方确认后，在《设备移交单》上签字验收。

21. 两台起重机吊装同一台重物时应注意哪些事项？

答：两台起重机吊装同一台重物时应注意以下事项。要听从指挥人员的统一指挥，根据起重机的作业半径和吨位，与运输车辆保持一定的距离；两台起重机同时起吊时，必须保证货物始终在同一水平位置；左右移动或升降时，必须保持操作一致。两台起重机吊臂之间必须保持一定的安全距离等。

22. 大型变压器运输当中为什么要加装冲击记录仪？冲击记录仪是如何解读的？

答：大型变压器运输当中加装冲击记录仪，主要目的是准确地记录运输过程中对变压器整体冲撞状况，记录冲撞状态和冲撞时间等，对运输全过程进行监督，为现场技术人员验收工作提供可靠的技术依据。

冲击记录仪解读用"g"来表示冲撞大小程度，代表横向、纵向倾斜角度，按生产厂家技术标准和运输技术条件，"g"值越小越好。运输到达现场后或发生运输事故时，应及时检查记录仪记录值，对比变压器技术性能证明书规定的允许值。未超值的，可继续往下进行运输装卸作业，超出了允许值，则应立即停止作业。

23. 基建工程中的变电工程，如何分类组织物资供应？

答：项目负责人要熟知工程项目的土建进度、地理位置、周边环境及变电站类型（地上、地下、敞开式、封闭式、城区、郊区等），设备安装与土建工程是否有交叉作业、施工单位、电气安装季节。建设方或委托施工方提供具体的设备进站计划和现场交接人，项目专责人依据进站计划、设备交货情况、各种设备安装周期、设备间相互关联性和现场实际情况，经过对费用、成本核算，优化组合，与施工单位协调后分类分批组织到货。

例如，220kV变电站，以最近几年的建设模式来看，其主要特点是：分为1号和2号主设备间，中间为主通道，主变压器位置在1号设备间侧，考虑到220、110kV电缆进出线，220、110kV GIS设备配置到2楼，电容器、电抗器配置到2号楼2～3层，10kV开关柜、保护装置、低压柜、通信设备配置到1号楼。根据以上特点，物资进站时可考虑用2天时间进

220、110kV GIS，用 2 ~ 3 天时间进 10kV 开关柜、电容器、电抗器、保护、低压柜、通信设备，主变压器进站可考虑同 10kV 设备交叉作业。

城市中心区 110kV 变电站，由于地理环境特殊受交通限制，通常是午夜运输车辆才可以通行到达指定位置，凌晨才能开始正常吊装，组织批次过多，人力、费用支出都比较大。变压器和二次控制设备同时到达，开关柜与部分一次设备同时到达，组合电器与部分一次设备及站内电缆同时到达等。充分利用有效的现场地理环境和有效的人力物力，达到降低管理成本、减少费用，满足工程所需、提高工程管理水平的目的。

24. 基建工程中的输电工程，如何分类组织物资供应？

答：基建输电工程基本上分为电缆送电工程和架空线路送电工程两大类。

电缆送电工程供货较为简便，在保证供应商正常生产周期之前确定盘长，在运输过程中注意季节的变化影响（雾、雷天气的运输周期有较大影响）。

在架空线路送电工程中，要求项目负责人掌握所订材料的详细数量、型号及土建基础的进度。组织供货过程中除铁塔外，其他材料（绝缘子、导线等）可允许集中到货（线路施工正常情况下都是在冬季进行，控制好供应商集中供货能力和冬季的运输周期）。铁塔供应最佳方法就是根据基础土建进度，进行加工并单基包装运输，以免造成材料剩余。

25. 生技改造工程，如何分类组织物资供应？

答：生技改造工程基本都是在带电运行站的基础上，实施分段母线停电计划，进行施工改造的。停电时间、停电范围、施工周期都严格按计划进行。因全部设备都是撤旧换新，所以组织物资供应主要有以下几点要求。

（1）安全第一。熟知具体的停电范围、规程要求的安全距离、执行工作票制度，对外单位人员及车辆实施安全监护，以及采取其他要求措施。

（2）时间准确。设备必须按计划时间到达，在安排主设备到达的同时可合理安排一些零散、体积小的设备或材料同时到达，以减少进站次数。变压器按要求提前一星期到达，进行试验组装，停电后撤旧换新，开关柜如站内有存放空间可同时到达。母线停电计划只有12天时间，其间母线桥还需要现场测量回厂加工，因此改造站物资供应时间必须准确。

（3）提前做准备。变压器、开关柜、断路器等改造站所订主设备，应要求供应商在安排生产前尽可能与设计单位详细沟通。如有可能，应到现场核实基础、原站内设备安放空间及运行方式，以免停电后所供设备因各种原因无法按时安装，影响发电时间。

26. 变电站土建设计中对大型设备运输进站、吊装应注意的问题有哪些？

答：变电站土建设计中，设计方应根据大型设备运输供应商提供产品外观尺寸、单位质量及运输方案、吊装方案等，考虑以下因素：运输通道（通道内的地下设施），站内的转弯半径，吊装机械，运输车辆停放位置、吊装机械支点与整体土建基础有效的连接是否满足所吊装物资的安全系数。

27. 大型物资运输的装卸有哪些规定？

答：（1）大型物资运输装卸过程中，根据货物类型、级别、车辆额定吨位和装载单位最大吨位配置相适应的装卸能力，包括装载机械和人工起重装载的有关技术、操作人员。对于装车重心不符合载运要求或卸车操作方式有可能损伤人员及车辆机件本身的，要及时更改装卸作业方式，确保安全无误。

（2）在运输途中要针对大型货物运输需要，配备必须的安全指挥车、后勤保障车、灵敏有效的通信工具及相关修理排障专业技术人员，备齐大型物资运输需要的消防器具、绳网、垫木、紧绳器、专用工具、防滑链等，同时注意运输"三超"（超长、超宽、超高）货物时，不触碰道路两侧树木、电线、建筑、桥梁等。

（3）物资卸车时，根据货物性质、形状、重心等特点，合理选用绳索、卡具和挂绳位置，各类货物起重时，须根据各种货物的性质、形状等在保证安全的前提下，选择起重位置，打起时起升不宜过高，如不能一次到达目的，可连打两次或多次，仪器、设备打起倾斜度不应过大，以免损货伤人。货物吊起后，货物下方严禁穿行，作业人员须选择安全地带用椎拉杆或纤绳牵扶货物，以保证其稳定性。

28. 设备吊装前应注意哪些事项？

答：首先选择有相应吊装资质，信誉良好，手续齐全的大中型专业吊装公司的吊装机械，物资公司按合同条款交接现场设备材料，制定现场吊装方案，统一指挥。吊装前应严格检查吊具磨损和断丝情况，吊装半径内是否安全可靠，有无障碍物或带电物，吊装设备时应选择适合该设备吊装的吊具（按设备质量、设备类别等），如组合电器，无包装；各类盘柜应选择尼龙吊装带；成套设备需按编号顺序吊装，并在吊装后及时做好监理、施工方等文字交接手续。如果是超限物资进行吊装地下的，要由建设单位向物资公司出具设备吊装任务委托书，物资公司组织吊装时，吊装公司应根据建设单位的时间要求、现场情况，制定吊装方案、签订商务合同、安全协议，吊装方案、现场安全措施、排障措施等，应由建设单位确认后，方可实施。

29. 超限物资运输前，如何向有关管理部门申请？

答：（1）超限运输车辆行驶前，其承运人应按下列规定向公路管理机构提出书面申请并提供下列材料和证件：① 货物名称、质量、外廓尺寸及必要的总体轮廓图；② 运输车辆的厂牌型号、自载质量、轴载质量、轴距、轮数、轮胎单位压力、载货时总的外廓尺寸等相关资料；③ 货物运输的起止点、拟经过的路线和运输时间；④ 车辆行驶证。

（2）公路管理机构在接到书面申请后，应在 15 日内进行审查并书面答复意见。公路管理机构在审批超限运输时，应根据实际情况，对需经路线进行勘察选定运输路线，计算公路、桥梁承载能力，制定通行与加固方案，并与承运人签订有关协议，由承运人承担管路管理机构进行的勘测、方案论证、加固、改造、护送等措施及修复损坏部分所需的费用。

30. 电力设备超限车辆是如何界定的？

答：大型变压器电抗器和主变压器在运输过程中，按公路管理机构规定，超限物资运输车辆可使用轴线车辆但单轴不能超载 13t。交通部 2000 年第 2 号对电力设备超限车辆规定如下。

（1）车货总高度 4.2m 以上。

（2）车货总宽度 2.5m 以上。

（3）单车、半挂列车、全挂列车车货总质量 40t 以上。

31. 电力物资运输、吊装如何选择承运商？

答：承运商必须具备以下资质和文件：电力大件运输企业

资质证书、中华人民共和国道路运输经营许可证、信用登记证书、质量管理体系认证、企业法人营业执照、资质文件（电力设备承运主要业绩，承运商的主要运输设备配置资料）；安全生产许可证。物资公司经过相关程序确认运输及吊装单位。变压器为特殊物品，选择吊装公司的时候一定要着重考查法人营业执照、安全许可证、电力物资承运主要业绩及主要运输、吊装设备是否和提供配制资料一致。

32. 大型物资运输在进入城市中心区域的变电站时，应关注哪些环节？

答：如果是超限物资，应向公路管理机构申请，由公路管理机构确定运输路线，并进行勘测，出具方案进行运输。应关注的环节主要有以下几点。

（1）所运设备外观尺寸（含运输车辆）、质量。

（2）勘察运输线路，核准所跨立交桥承重能力，穿越过街桥高度，无轨电车线离地距离，路口的转弯半径。

（3）变电站所处区域周边有无重要设施、大型物资运输车辆停放位置（注意电缆沟道、电缆竖井、污水沟、自来水管线、天然气管道等）。

（4）制定运输方案，绘制运输路线图，安排运输时间，起运前要对所通行路线再次进行复查。

（5）运输前派专人对变电站周边所通行道路、车辆停放位置进行看护并设围档。

第八章

安　全　管　理

1. 仓库消防工作的基本原则是什么？

答：各级仓库必须认真贯彻"预防为主，防消结合"的方针和"谁主管，谁负责"的原则，仓库消防安全工作由本单位及其上级主管部门负责。同时接受公安消防监督机构的指导、监督。

2. 仓库是否应有义务消防组织？

答：各级仓库都要组建义务消防组织，定期开展训练，开展自防自救工作。

3. 仓库消防责任制的内容有哪些？

答：仓库防火安全工作实行仓库、科室（班组）以及岗位防火责任人逐级负责制。

（1）仓库防火负责人职责。

1）组织学习贯彻消防法规，完成上级部署的消防工作。

2）组织制定电源、火源、易燃易爆物品的安全管理和值班巡逻制度，落实逐级防火责任制和岗位责任制。

3）组织制定消防宣传计划、业务培训计划和考核，提高职工的安全素质。

4）组织开展防火检查，消除火险隐患。

5）领导专职、义务消防队组织和专职、兼职消防人员，制定灭火应急方案，组织扑救火灾。

6）定期总结消防安全工作，实施奖惩。

（2）班组防火负责人职责。

1）负责本班组防火安全工作，认真执行有关消防安全制度、规定。

2）组织学习防火知识、文件，检查岗位消防责任制和操作规程执行情况，并经常检查消防设备、器材的养护情况。

3）发现违章行为应及时制止，发现火险隐患应及时采取防范措施，同时向单位领导汇报。

4）安排好值班、值宿。

（3）岗位防火责任人职责。

1）严格执行各项安全制度和操作规程，对存在的不安全因素应及时排除，解决有困难的，应向领导汇报，提出改进意见。

2）负责本责任区内的安全，下班时做到关闭门窗，拉闸断电，消除火种、废纸、包装等易燃物，做好交接班。

3）认真学习防火、灭火知识，积极参加消防训练和各项安全活动。

4）发现着火时，要及时扑救，并立即报警。

5）值班门卫人员做好进出库区人员、车辆登记和对外来人员的防火宣传工作。

4. 仓库消防设施设置要求有哪些？

答：仓库应根据规模大小、建筑结构、设备材料特点等不同情况，依据《建筑灭火器配置设计规范》和《商业部消防设备、器材配备标准暂行规定》要求，安装消防报警、灭火、监控、通信、避雷等设备，配备相应种类和数量的消防器材，做到布局合理，便于取用。

仓库要建立各种消防器材的管理制度，做到定点、定人、定期检查、维修、换药，严禁挪用。对怕冻设备，在寒冬季节应采取防冻措施，保证消防设备、器材完好有效。

5. 电力物资仓库火源管理有哪些规定？

答：电力物资仓库加强火源管理，具体要做到以下几点。

（1）仓库应当设置醒目的防火标志，对火源要严加管理。仓库内严禁吸烟和使用明火。

（2）职工、外来人员和机动车辆入库，必须收留火种，禁止带入库区。

（3）仓库区周围50m内严禁燃放烟花爆竹。

（4）库区如确需临时动用明火作业，必须经防火负责人或有关主管部门批准，并落实安全防范措施，指定专人监护现场，作业结束要认真检查，不得留有火种。

（5）库区进行电焊、气焊等具有火灾危险的作业时，必须要履行库区动火手续，经主管部门批准后方可进行。作业人员必须持证上岗，并严格遵守消防安全操作规程。

（6）仓库生活区安装、使用固定火源，必须符合安全规定，经防火负责人批准，指定专人管理、备有消防器材，做到人离火灭，对各种用火设备要定期检查、维修。

（7）经批准设置的火源不准用易燃液体引火，不准在火源附近堆放易燃物，不准靠近火源烘烤衣物。从炉内取出炽热灰烬，必须用水浇灭后，倒在指定的安全地点。

6. 电力物资仓库的电源管理有哪些规定？

答：电力物资仓库应加强电源管理，具体要做到以下几点。

（1）仓库生产、生活、库区照明用电线路必须分开，电线和电器设备必须由持有合格证的电工安装、检查、保养维修。不准乱拉临时电线，不准超负荷作业，禁止使用不合格的装置和漏电保护装置。

（2）库房内不准设置移动式照明灯具，照明灯头应装在通道上方，堆码物品必须与灯头保持50cm以上水平距离，工作完毕切断电源。

（3）每年定期（春季）对电线进行绝缘测试，发现电线老化、破损、绝缘不良，可能引起打火、短路等不安全因素，必须及时更新、维修。架空电线线路的下方严禁堆放物品。对各种电器设备、避雷装置要按时检测维修。对各种机械、机具易产生火花的部位要设防火装置。

（4）库房内不准使用碘钨灯和超过60W以上的白炽灯等高温照明灯具及各种电器设备。当使用日光灯低温照明灯具和其他防燃型照明灯具时，应当对镇流器采取隔热、散热等防火保护措施，确保安全。

（5）库内铺设的配电线路，需穿金属管或用非燃硬塑料管保护。每个库房应在库房外单独安装开关箱，并做到防雨防潮。对灰尘较多的部位必须使用防尘、防爆灯泡和保险开关，要做到人离电断。

（6）库内一般情况下不得设置临时电源，如确应工作需要设置临时电源的，必须要上报安全部门审批，并严格按照库区电源设置的要求进行设置。使用时必须要有专人监护，暂时不用时必须要将总开关关闭，工作完毕后要及时将临时电源设置拆除。

7. 根据仓储消防的规定，物品码放的要求是什么？

答：（1）物资应根据不同性质按库、区、类分别存放。库存物品每垛占地面积不宜大于100m²，垛与垛间距不少于1m，垛与墙间距不少于0.5m，垛与梁、柱的间距不少于

0.3m，主要通道的宽度不少于 2m。每栋建筑面积不足 500m²的库房储存物品的垛距、墙距、梁距和主要通道的宽度可以适当降低，但要保持畅通。露天存放物品的防火间距必须符合建筑设计防火规范的规定。

（2）易自燃商品应存放在温度较低、通风良好的库房。不准将性质相互抵触和灭火方法不同的商品混存，要在醒目处标明储存物品的名称、性质和灭火方法。

8. 仓库对杂物处理的要求是什么？

答：库区和库房内应经常保持清洁，要制定相应的杂物处理制度。

（1）每日对库区和库房环境进行清理。

（2）每次作业完毕后，对散落的包装物进行及时清理。

（3）定期对库区落叶、杂草等应及时清除，妥善处理。

9. 仓库消防对机械装置的存放有哪些要求？

答：禁止在库区内停放、修理机动车辆。电瓶车、铲车进入库房，必须按照有关规定装有防止火花溅出的安全装置。装卸机具、消防车（泵）必备用油，应放在确保安全的地点。

10. 国家对消防灭火器的检验有哪些规定？

答：消防灭火器每半年应对质量和压力进行一次积习，检验合格后需在灭火器器身上粘贴检验合格证（有效期一年）。消防灭火器的检修以及再充装应由经过培训的专人进行。灭火器经检修后，其性能要求符合有关标准的规定，并在灭火器的明显部位贴上（或附上）不易脱落的标记，标明维修或再充装日期、维修单位名称和地址。

11. 物资仓储中对消防器材的管理是如何规定的？

答：（1）仓库必须按照国家有关消防技术规范，设置、配备消防设施和器材。

（2）消防器材应当设置在明显和便于取用的地点，并要有明显的标识，周围不准堆放物品和杂物。

（3）仓库的消防设施、器材，应指定专人管理，定期负责检查、维修、保养、更换和添置，保证完好有效，严禁圈占、埋压和挪用。

12. 仓库现场动火作业对风力的要求是如何规定的？

答：（1）在库区现场动火作业，风力超过 5 级时禁止在露天进行焊接或气割。

（2）如风力在 5 级以下 3 级以上，进行露天焊接或气割时，应搭设挡风屏以防止火星飞溅引起火灾。

13. 仓库现场动火作业对相关器材使用是如何规定的？

答：在库区明火作业时，所用氧气瓶、汽油桶（煤油桶）应远离明火区 15m 以上，并配备消防器材和水桶。

14. 电力物资仓库应配置的灭火器包括哪些种类？

答：电力物资仓库配置的灭火器型号编制方法见表 8-1。

表 8-1　　　　　各种灭火器的型号编制方法

组	代号	特　征	代号含义
水 S（水）	MSQ	清水，Q（清水）	手提式清水灭火器
泡沫 P（泡沫）	MP	手提式 舟车式，Z（舟） 推车式，T（推）	手提式泡沫灭火器 舟车式泡沫灭火器 推车式泡沫灭火器

组	代号	特　　征	代号含义
干粉 F（粉）	MF MFB MFT	手提式 背负式，B（背） 推车式，T（推）	1～4kg 手提式干粉灭火器 背负式干粉灭火器 35～50kg 推车式干粉灭火器
二氧化碳 T（碳）	MT MTZ MTT	手提式 鸭嘴式，Z（嘴） 推车式，T（推）	手提式二氧化碳灭火器 2～4kg 鸭嘴式二氧化碳灭火器 推车式二氧化碳灭火器
高效阻燃 灭火器	M MYT	手提式 推车式，T（推）	1～4kg 水系式灭火器

15. 仓库进行明火作业有哪些规定？需要哪些审批手续？

答：库区如确需临时动用明火作业，必须经仓库防火负责人或有关主管部门批准，并落实安全防范措施，指定专人监护现场，作业结束要认真检查，不得留有火种。动火作业审批手续如下。

（1）一级动火：在油库、油罐、设备库区、液化汽瓶间、计算机房、主变压器及贵重设备本体动火或装载运输中焊接、切割作业。

1）由部门单位填写动火工作票。

2）本部门防火负责人签署意见，安全部门审核。

3）主管领导审批，一式三份报安全部门备案。

（2）二级动火：露天设备区、电缆充油试验、各种压力容器、油箱、油桶、电气实验室、汽车修理间、建筑工地等进行明火作业。

1）由申报班组填写动火工作票。

2）本部门防火负责人批准，报公司安全部门备案。

（3）三级动火：污油、易燃、可燃物品较多的车间，场地、机动车辆焊接修理、电缆封头等的明火作业。

1）由申报班组填写动火工作票。

2）班组防火负责人批准，报本部门防火安全员备案。

16. 仓储保安及值班人员的职责包括哪些内容？

答：仓库必须坚持值班制度和昼夜防火安全巡逻检查制度。班（组）长、保管、警卫、值班人员要按照职责，严格做好班前班后的安全检查工作，并做好记录。

值班人员的基本职责包括以下内容。

（1）负责仓储的值班人员、保安人员须坚守岗位，严格执行门禁制度，不得擅离职守，认真巡视检查，落实保卫措施。

（2）要熟悉企业内部环境，熟知红外线电视监控系统、周界报警配置、使用方法以及电源及位置，随时掌握所控区域的动态。

（3）仓储值班人员、保安人员要坚持巡视制度，巡视时必须要到位，不能走过场，巡视路线非固定。

（4）仓储值班室需备有报警电话及公司领导有关人员通讯录，值班人员认真做好记录，确保仓库物资安全。

（5）一旦发生突发事件，要迅速准确报警，拉响警报及时通知各级领导和有关人员，派专人保护好现场。

（6）在遇有仓储区域内的治安事件时，在保证自身安全情况下，采取有效手段，减少库内物资损失，被盗。

17. 对担任仓库警卫保安的人员有何规定?

答:从事仓库警卫、消防及保管的人员,要按照先审后用的原则,选拔政治素质好,身体健康的人员担任。要严格执行夜间值班、巡逻制度。禁止聘用年老体弱人员值班、值宿。外来临时人员在库区工作,必须经保卫部门审查同意。

18. 仓库警卫保安值班人员应做到的"三知"、"三会"、"五不准"有哪些内容?

答:(1)三知:一要知火警电话,二要知匪警电话,三要知当地派出所和上级保卫部门电话。

(2)三会:一要会报警,二要会使用灭火器材,三要会扑救初期火灾。

(3)五不准:值班时不准睡觉,不准喝酒,不准干私活,不准看小说,不准打扑克下棋。

19. 物资仓库防雷的安全措施是怎样规定的?

答:(1)为防止建筑物直接雷击,应在库房周围装设独立的避雷针。避雷针与库房的距离不应小于3m(一般取5~6m)。

(2)存储易燃易爆物品,都必须设置防雷电反击,防雷电感应、防雷电波侵入的防雷措施。

(3)每年在汛期到来前,对仓库建筑物的防雷设施进行一次检查。

20. 仓库防汛工作应有哪些安全措施?

答:(1)建立防汛组织体系,做到各级人员落实到位,明确自己的防汛职责。

(2)设立防汛办公室,组织学习指导公司上传下达防汛工作。

（3）配备充足的各种防汛器材（潜水泵、沙袋等），并做到熟练掌握使用。

（4）制定防汛应急预案，并定时进行模拟演练。

（5）定期对库区建筑物、下水道、电源等进行安全自检，发现有漏洞及时整改。

（6）在每次大雨或暴雨后，要对库区的建筑物和防汛设施及时进行检查。

21. 电力物资仓库使用红外线电视监控系统的作用是什么？

答：（1）确保仓库正常生产工作秩序，提高安全防控工作水平，随时监控内外各项工作的开展。

（2）加强仓库人、财、物的防火、防盗的监控管理。

（3）利用红外线电视监控系统，24h 对进入库区人员车辆定点监控，有利于发生事件时，进行核对查找，为事件提供直接信息。

（4）对仓库重点部位设置监控，同时可在显示屏上进行布控操作，提高防盗、防火设施的管理水平。

22. 电力物资运输配送时应执行哪些安全工作票制度？

答：电力物资运输、配送时，需按照工作内容的要求，填写以下安全工作票。

（1）物资运输配送进入运行变电站工作时，须填写变电二种票。

（2）物资运输配送进入新建变电站工地，须填写班组措施票。

（3）物资运输配送中如在库区进行动火作业，须填写动火工作票。

（4）如需自行驾驶机动车到外埠进行物资运输配送工作的，要填写出京行驶工作票。

23. 物资运输配送中是否需要执行监护人制度？填写物资运输配送工作票、措施票时，监护人的职责有哪些？

答：在进行进入运行变电站、使用装卸机械进行物资装卸、外埠长途运输等物资运输配送工作时，必须要执行监护人制度。填写物资运输配送工作票、措施票时，需要明确监护人的职责有以下几点。

（1）明确被监护人员和监护范围。

（2）工作前向被监护人员布置安全措施，告知危险点和安全注意事项。

（3）监督被监护人员遵守相关安全规程和现场安全措施，及时纠正不安全行为。

24. 物流行业中的特种设备范围有哪些？对有关特种设备的审验有哪些规定？

答：物资行业中的特种设备一般是指龙门吊、桥吊、汽车吊、叉车、电梯等带有一定专项工作性质的机械设备。特种设备必须执行国家规定的审验制度，具体要求如下。

（1）龙门吊、桥吊、汽车吊审验每两年一次，要有审验合格证书。

（2）电梯、叉车审验每年一次，要有检验报告书。

25. 电力物资运输配送进入运行变电站时应采取哪些安全措施？

答：（1）工作前先进行查活工作（车辆行进的路线、桥梁等），填写相关工作票，提前办理好进站的各项手续。

（2）车辆人员进入变电站时，必须与变电运行人员取得联系，询问带电区域及地上地下是否有障碍物。

（3）工作场地应设立标志牌，必要时设专人监护。

（4）装卸物资设备时，要注意物件与站内带电设施的距离，一般情况下，电压等级110kV带电设施与物件安全距离不少于1.65m；电压等级220kV带电设施与物件的安全距离不少于2.55m。

（5）车辆进入变电站时要有专人引导，按变电站指定的路线行驶，注意带电距离，禁止非工作人员进入带电区域。

（6）工作完毕要清理工作现场，并请站内人员进行检查，在确认安全无误后方准撤离。

26. 物资运输配送时，对车辆（包括装载物）外廓与无遮拦带电部分之间的安全距离是如何规定的？

答：物资运输配送时，对车辆（包括装载物）外廓与无遮拦带电部分之间的安全距离具体规定见表8－2。

表8－2　　　　车辆（包括装载物）外廓与无遮拦
带电部分之间的安全距离

电压等级（kV）	35	66	110	220	330	500
安全距离（m）	1.15	1.40	1.65	2.55	3.25	4.55

27. 在各类电力物资运输配送及大型变压器运输过程中，应采取哪些安全措施？

答：（1）在各类电力物资运输配送及大型变压器运输过程中，必须要明确安全负责人，设置临时安全监督员。

（2）执行任务的工作负责人和车辆驾驶员应提前对行驶

路线进行勘查，了解道路的路面情况、桥梁的承载情况、转弯半径情况、装卸地点的现状等，据此制定出运输配送方案。

（3）在运输配送中，通过必经的、道路条件较差或易发生事故的路段及桥梁，必须要制定相应的、具体的安全措施，选择确保安全的路面行驶。

（4）装载电力物资、变压器及附件配件时，要严格执行装卸安全规程。

（5）物件装载在运输器具中时，要捆扎牢固。

（6）运输行驶中，要注意架空线缆、架空桥梁的安全高度，通过时应减速慢行。

（7）运输行驶通过有承载规定的桥梁时，要减速慢行，要设专人对桥梁受载情况进行监护。

（8）运输笨重的物件需要停车时，要选择平坦、受载力均匀的路面停车。如停放时间较长（超过2h），要采取加大受力面（填垫枕木）方式进行安全防护，必要时要设专人监护。

28. 物资运输配送在什么情况下不得进行吊装作业？

答：为确保运输配送中人身及货物的安全，如遇下列情况是不准进行吊装作业的。

（1）从被吊装的物件本身看，不准吊装情况是：

1）物件本身质量不明。

2）埋在地下或冻结在地面上的物件。

3）爆炸品、危险品不得起吊。

（2）从吊装作业环境看，不准吊装情况是：

1）当作业地点的风力达到五级时，不得进行受风面积大的起吊作业；当风力达到六级及六级以上时，不得进行起吊作业。

2）遇有大雪、大雾、雷雨等恶劣气候，或夜间照明不足，指挥人员看不清工作地点、操作人员看不清指挥信号时，不得进行吊装作业。

在遇有上述情况必须起吊时，必须采取可靠的安全措施，并经安全主管人员批准，在设置两人以上人员进行监护的情况下方可进行吊装。

29. 用于承重的钢丝绳应如何保养、使用？

答：用于承重的钢丝绳必须处于完好无损的状态，每年应做一次浸油处理，使之保持良好的无蚀及润滑态式，所用润滑油剂应符合要求。

使用承重钢丝绳时，要用正确的开卷方法开卷，防止打结或扭曲；钢丝绳不得与物体的棱角直接接触，应在棱角处垫以半圆管、木板或其他柔软物；钢丝绳在机械运动中不得与其他物体发生摩擦；严禁与任何带电体接触。

30. 叉车叉载物件时有哪些安全注意事项？

答：（1）首先要清楚被叉载物件的品质、质量、体积及有无特殊要求等。

（2）被叉载的物件不得遮挡驾驶员视线，载物高度影响前行视线时，应倒车低速行驶，必要时设专人指挥倒车。

（3）禁止使用单叉作业或用货叉顶物、拉物。

（4）停车后，禁止将物件叉悬于空中。

（5）严禁用货叉举升人员进行高处作业。

（6）在叉装物件起降过程中，必须用制动器制动叉车，确保起落的平稳。

（7）叉载易滚或不稳物件时，必须要用绳索或锁链捆扎牢固，防止作业中物件掉落伤人或损坏机械。

（8）必须按本叉车载荷规定数值叉运货物，严禁超负荷使用。

（9）叉车在接近或撤离物品时，车速应缓慢平稳，注意车轮不要碾压物品，货盘和叉头不要刮碰物品，禁止高速叉取物品。

（10）叉车行驶时不得将货叉升得过高，并注意上空有无障碍物，防止刮碰。货叉底端距地面高度应保持 300～400mm，门架需后倾，匀速行车，禁止急刹车和急转弯。

（11）叉载物件时，应使物件质量平均分担在货叉上，货物不得偏斜，物品的一面应贴靠挡货架，防止掉下、翻倒。

（12）禁止用制动惯性溜放圆形或易滚动物件，禁止用货叉挑翻物件的方法卸货。

（13）在货叉降落时，起重架应与地面后倾，不得使起重架前倾，卸货后应在起重架降下后再行驶。

（14）叉车行驶时，不准任何人上下车，禁止人员站在货叉上把持物件或起平衡作用。

第九章

信 息 管 理

1. 公司信息安全管理的主要内容有哪些?

答:公司信息安全管理的主要内容包括信息系统安全管理、系统运行维护安全管理和网络信息安全管理。

(1)信息系统安全管理。保障公司计算机及其相关的和配套的设备、设施(含网络)的安全,保障运行环境的安全,保障信息的安全,保障计算机功能的正常发挥,以维护计算机信息系统的安全运行。

(2)系统运行维护安全管理。保障系统有效的防病毒、防攻击能力,确保分级保密、数据安全可靠,为公司使用者提供良好的计算机系统软件和硬件运行环境。

(3)网络信息安全管理。保障公司计算机网络系统和计算机网络资源的正常使用。

2. 物资管理信息系统具有什么特点?

答:物资管理信息系统内容涵盖了电力物资公司的主要业务模块,如职能管理、物资需求上报、招标管理、储运管理、采购管理、财务结算管理、档案管理、专家库管理、供应商管理以及系统管理等。

(1)实现了物资公司与各业务主管部门、建设单位、物资需方、生产厂家以及公司领导、法律、监察等部门的有机结合,使整个物资管理流程的电子化,脱离繁杂的手工劳动为计算机化管理,减少各种相关数据的重复性输入,缩短标书的准备过程及整个开标过程时间，便于和数资料的归档，便于各类物资的生产监造管理，便于物资的储运管理，为全公司各类数据的统一整合提供基础数据，为全公司的物资工作打下坚实的基础。

（2）通过物资信息查询系统、多媒体播放系统的建立，以公开、公平、公正的原则为广大供应商及各类关心物资工作的人员，提供物资信息公示以及信息触摸查询功能、大屏幕展示功能，增强物资公司服务窗口的透明度，便于社会各界人士的监督和指导；物资信息查询系统的使用，可以更方便地查询相关招标、采购等公开信息，明显减少厂商的问讯次数，减轻相关工作人员的工作量，提高工作效率。

（3）通过网络向大厅的显示屏及时发送并显示各种信息介绍内容、评标过程、各类物资信息等多种多媒体信息，具有日程管理、画面分割显示、信息插播等，不断提高服务的质量，展示了电力公司的风采。

3. 在业务处理过程中，如何把公用网络传输来的数据和文档安全地转入内网处理？

答：根据公司内外网隔离管理办法有关规定，为了信息系统安全，严禁内外网终端混用，严禁使用未经杀毒的移动存储工具，严禁非本单位人员的移动存储工具在外网终端机上使用。因此，如需把公用网络传输来的数据、文档安全地转入内网处理，即在公司内网和外网上交换数据，首先必须使用公司的安全移动存储介质；其次，在下载数据、文档时必须保证数据文档的完整性、安全性；最后，在将资料转入内部网络时，必须经有效杀毒软件杀毒后，才可导入内网。

4. 在业务处理中，工作人员如何正确使用物资信息系统短信网关？

答：系统根据不同的业务需求建立权限，工作人员被赋予不同的操作权限。首先，使用自己的账号密码正常登录系统，进行身份确认，在接收号码中输入或选择要发送消息的供应商名称，编辑需要发送的内容，进行发送。短信接收时可针对自己发送的号码接收短信。注意在群发时各电话号码之间要用英文的逗号隔开。

5. 在物资信息系统中建立新的业务模板流程是怎样的？

答：在物资信息系统中建立新的业务模板的工作流程如下。

（1）业务部门因新的业务需求要建立新的业务模板时，应先制定出本部门内及与相关部门之间的业务处理流程模型，明确新数据与原数据的关联关系，提供格式文件模板，浏览操作权限范围以及界面一般要求等，并依此向公司信息管理部门提出开发新业务模板的申请。

（2）信息管理部门负责组织对新业务模板申请的讨论，有关部门共同对需求进行论证分析，确定信息系统有关模块修改的具体内容、修改方式或确定开发新业务模块功能的规划方案。

（3）根据新模板建立的必要性、系统有关模块修改或新模块开发的可行性，信息管理部门拟定系统修改任务单，经业务部门领导，信息中心及公司主管领导签字后，转送给信息系统软件维护单位或软件开发单位进行原业务模块修改或新业务模块开发。

6. 业务处理过程中，造成信息系统数据传输慢的原因可能有哪些？如何处理？

答：造成这一情况的原因及处理方法如下。

（1）系统的服务器故障，此时应由信息中心人员负责解决。

（2）网络延时较长，此时应由信息中心人员负责对网络传输有关问题进行监测及时处理。

（3）个人计算机有问题，此时应请信息中心人员作相应的检查维护。

7. 当招标文件、合同文本、技术资料等文图数据量较大时，为了便于传送，应该怎么操作？

答：当招标文件、合同文本、技术资料等文图数据量较大时，为了便于传送，可以将电子文档压缩或将多个电子文档打成一个包。

右键单击要压缩的文件，左键单击"添加到压缩文件"，在压缩文件对话栏内新建文件名或选择已建立的压缩文件名，点击确定即可，常见的压缩文件格式有"．rar"、"．zip"等。传送后，如需正常使用，可对压缩文件进行解压缩处理。

解压缩时，右键单击压缩文件，左键单击"解压到当前文件夹"即可。

8. 如何给重要的 Word 文档和 Excel 文档加上打开密码和修改密码？

答：加密操作方法为：在 Office 中，左键单击"工具"，左键单击"选项"，左键单击"安全性"，在"打开权限密码"和"修改权限密码"处输入自己的密码即可。操作人员应该严格保守自己所设定的密码。

9. 物资信息系统中哪些数据是可以共享的?

答：招投标制度、招标采购动态、中标信息、采购信息、设备价格等与招投标相关的非私密性数据是可以共享的。

10. 在一个专业处室内或一个业务组内，怎样使用文件服务器上的共享文件及注意问题?

答：在网络环境中，可以为一个专业处室或一个业务组的成员提供不涉密的共享文件，以提高办公质量和效率。操作方法是：在文件服务器上根据需要建立共享文件，这是供共享文件使用人员的一种简便易行的方法，因为共享文件是所有共享人员的公共信息。

首先，要在服务器端建立共享的内容，将要共享的文件拷贝到服务器上面，选中要共享的文件夹，单击右键选择属性，然后选择"在网络上共享这个文件夹"可以对共享显示的名称进行修改。

然后，在客户端的网上邻居界面上找到共享服务器，双击打开，找到需要的文件夹将它拖动到桌面上面来，即形成了快捷方式。客户端使用者就可以通过快捷方式使用共享文件。在使用时要注意以下几点。

（1）保证使用人员在使用共享文件时不得将此文件脱离共享状态，即不得将此文件复制到其他位置使用后，再复制到共享状态。

（2）不得随意更改文件内容，尤其是分别维护的数据，更不得随意删除文件。

（3）要及时将自己所维护的数据输入到共享文件。

11. 为了物资管理信息系统安全，如何给自己的计算机设置开机密码?

答：在招标、采购、配送、仓储、财务、效能监察等各环节工作中，为了保守公司秘密，有关人员应该给自己所使用的计算机设置开机密码。具体操作方法是：左键双击"控制面板"中的"用户账户"，左键单击自己的用户，左键单击"创建密码"，按照系统要求，输入两次密码即可。根据《物资公司信息安全管理办法》的规定，密码长度应大于 8 位、且由数字及字母组成，密码需要定期变更。

12. 在会议室中使用电子设备时应注意什么?

答：为了提高会议质量与效率，会议室会议桌上配置了网络端口，电源插座，投影设备接口等。为了高效地使用会议室中电子设备，应注意以下问题。

（1）所有设备应由信息中心人员进行操作，其他人员不要擅自对电子设备进行操纵。若信息中心人员不在，应及时与信息中心人员联系，紧急时由会议室服务人员操作。电子设备包括投影仪、网络设备、音响设备。

（2）按照信息安全管理办法，各会议室各计算机网络端口必须与计算机 IP 地址、MAC 地址绑定。

（3）对临时需要接入的计算机等设备，需要提前申请，由信息中心人员进行调整，方可拉接入公司网络。

（4）严格按照《信息内外网安全隔离考核办法》的要求，禁止外网计算机的接入。如有特殊要求，需提前递交《外网开通申请》，经批准后，在申请时间内使用。使用完毕，由信息中心及时关闭网络通道。

13. 信息中心数据管理职责是什么？信息中心和提供数据来源部门的责任分别是什么？

答：信息中心数据管理职责是与数据来源部门协作进行定期的整理，保障足够的数据存储空间。根据不同部门、不同人员的工作性质来分别定义他们的数据访问权限。对于一些涉及公司保密内容的相关数据，管理人员要做到保证数据的完整性和安全性。

信息中心的责任：对数据的完整性与安全性进行实时监控，如有异常情况，及时处理并通知提供数据的相关部门。

提供数据来源部门的责任：要在数据存储的过程中，避免将感染病毒数据文件上传到服务器中，保证共享资源的正常使用，并及时整理那些过期已经不用的数据，保障足够的存储空间。

第十章

财 务 管 理

1. 工程物资资金申请的依据和程序是什么？

答：依据财务部门存档采购合同和由采购部门提供的工程资金申请表进行逐一核对，核对无误后，由财务部门填制物资资金申请表以及工程物资资金 ERP 汇总表，一式三份，在每周周末上报公司领导，审批合格后报送上级公司财务部。审核发现错误的退回采购部门重新办理申请，审核人员或采购部门工作人员不得在单据上直接划改。

2. 在制作工程物资资金申请表时，若尚未拨付的资金出现负数应如何处理？

答：接收并审核工程物资资金申请表，出现与财务账面不一致时应与采购部门沟通，让其做出相应修改。其中，尚未拨付的资金出现负数情况是指所申请拨付工程项目资金超出了该项目用款计划额度。当出现以上情况时，首先，财务部门应核对该表的用款计划、本次申请资金额、累计申请的资金额是否计算正确。其次，当核对无误后，应立即将此情况向采购部门进行通报，请其再次核对以上三个数据。如果确实发生了超用款情况，采购部门应及时更改或撤销工程物资资金申请表。再次，若确有必要申请该项目的货款时，采购部门在履行了有关手续后，重新填制工程物资资金申请表提交财务部门。ERP上线后，上线单位的工程不会出现超用款情况。

3. 对采购部门提交的工程物资资金申请表，应审核哪些内容？

答：在接收到采购部门提交的工程物资资金申请表时，首先确认两级主管领导确已签字，其次对照工程物资资金申请表逐一核对所报工程的名称、工程编号是否无误。再次，核对该表的用款计划、本次申请资金额、累计申请的资金额是否发生了超出该项目用款计划额度的现象，并核对采购部门所申请的资金金额与工程物资资金 ERP 汇总表中金额是否一致。

核对无误后，由财务部门填制工程物资资金申请表（一式三份）及工程物资资金 ERP 汇总表，报送上级财务部门。

4. 每周资金申请时，应提供哪些资料？

答：财务部门应在每周末向上级财务部门提供下周的资金申请计划资料，包括现金调度表、资金申请明细、工程物资资金申请单、工程物资资金 ERP 汇总表。

上述三个表除采用纸制格式外，现金调度表和资金申请明细还应提供电子版格式。

5. 资金审批合格后，应在何时发付款通知单？资金申请周计划批复合格后，应做哪些工作？

答：上级财务部门对于上报的工程物资资金申请单一般在次周的二天内给予批复。工程物资资金申请单批复后，财务部门应在当天向采购部门发出可以付款的通知。采购部门应在向财务部门报送资金申请的同时启动付款程序，待收到财务部门付款通知后，将付款凭单报送财务部门审批。

资金申请周计划批复合格后，财务部门的资金申请人员应向采购部门相关人员及负责人、财务部门相关人员及负责人、相关领导发付款通知并电话通知各相关人员资金已拨付；同时应与付款岗位人员核对资金拨付金额与申请金额是否一致，如有问题应及时与上级财务部门沟通解决。

6. 如何进行资金申请资料的存档？

答：对资金申请资料的存档分为电子版资料存档和纸质资料存档。

（1）电子版存档为资金申请单和台账，每周资金拨付后将拨款按工程登入台账。

（2）每周资金申请单制完后，按工程资金申请单复印件、工程物资资金申请表进行排列，并按照日期的顺序将每期申请资料进行归档、留存。

7. 当上级财务部门对个别工程资金申请未批复时，应如何处理？

答：上级财务部门对个别工程资金申请未批复，主要有以下几种情况和处理方式。

（1）若为数据有误，应将数据修改正确后重新提交申请单。

（2）若为超用款计划，则需与上级财务部门和采购部门分别核实，确定用款不够的，退回采购部门重新办理申请，不得在单据上重新办理申请，不得在单据上直接划改。

8. 在制作工程物资资金申请单时，需要注意哪些问题？

答：在制作工程物资资金申请单时，应保证单据内容的准确，注意以下事项。

（1）核实表内所列各工程项目是否有用款计划。

（2）依据采购部门提交的工程物资资金申请表所列的各项目分项资金，与工程物资资金 ERP 汇总表核对，确定各项目所申请资金的数额。

（3）确定含本次申请的各项工程金额的累计值。

（4）核实是否有超用款计划情况。若有超用款的情况发生，则通知采购部门重新填制工程物资资金申请表或撤销该表。

（5）款到账后应予以核对，如有问题及时沟通，无误后方可发付款通知。

9. 向供应商支付设备款时应核对哪些内容？

答：向供应商支付设备款时应核对以下内容。

（1）按照付款顺序接受资金申请单及付款凭证。

（2）按项目、合同核对资金申请单与付款凭证金额是否一致。

（3）核对汇款厂家信息，正确填写汇款单。为保证填写正确，要求相互审核供应商名称、汇入行、账号、金额正确与否。

10. 收、付工程物资款时的注意要点是什么？

答：（1）核对到位资金的正确性。根据财务制度规定，实际付款人应首先核对资金申请总额与资金到位总额是否一致。若发生不一致的情况时，应及时与上级财务部门核对，查明原因。

（2）核对付款内容的正确性。依据实际到位的资金总额，核对采购部门本次所有付款的总额及各工程项目分项付款凭证（全称）是否一致。

（3）核对付款手续的严谨性。在付款过程中，应规范地执行财务制度，认真核对付款凭证有关人员签字的正确性，认真审查凭证所填的内容，不得发生差错或空白。

11. 什么是银行存款的未达账项？包括哪几种情况？

答：银行存款未达账项是指由于企业与银行的记账时间不一致，而发生的一方已取得凭证登记入账，另一方由于未取得凭证尚未登记入账的项目。由于企业银行存款的收支凭证的传递需要一定时间，因而同一笔业务和银行各自入账的时间不一定相同。在同一日期，企业账上银行存款的余额与银行账上企业存款余额不一致。

未达账项具体包括以下四种情况：企业已收款入账，银行尚未收款入账；企业已付款入账，银行尚未付款入账；银行已收款入账，企业尚未收款入账；银行已付款入账，企业尚未付款入账。

12. 付款凭证入错科目将如何更正？

答：当会计人员发生付款凭证入错科目的情况时，不允许在原凭证中进行修改。正确的做法是：① 应将原会计分录冲回；② 再重新做一张正确的凭证，将原入错科目的付款凭证及附件复印后，附在新凭证后。

13. 支票、汇票的使用范围及注意事项是什么？

答：（1）支票是指银行的存款人签发给收款人办理结算或委托开户银行无条件将款项支付给收款人或持票人的票据。支票目前通常适用于同城范围内。支票的有效天数为自支票的签发之日起10天内。

收款人在接受付款人交来的支票时，应注意审核支票收款人或被背书人是否为本收款人，支票签发人及开户银行的属地是否在本结算区，支票签发日期是否在付款期内，大小写金额是否一致，签发人盖章是否齐全。

（2）银行汇票是出票人签发的、委托付款人在见票时或者在指定日期无条件支付确定的金额给收款人或者持票人的票据。

收到汇票后，要检查收款人名称是否正确，账号、金额、日期是否准确，印章是否清晰，是否有用压数机压印的金额。确认无误后方可收票。若发现收款人、账号、金额有不符应将立即退票。银行汇票金额起点为 500 元。汇票付款期为 1 个月，逾期的银行汇票，兑付银行不予受理。

14. 正确填写票据和结算凭证的基本规定有哪些？

答：银行、单位和个人填写的各种票据和结算凭证是办理支付结算和现金收付的重要依据，直接关系到支付结算的准确、及时和安全。票据和结算凭证是银行、单位和个人凭以记载账务的会计凭证，是记载经济业务和明确经济责任的一种书面证明。因此，填写票据和结算凭证，必须做到标准化、规范化，要素齐全、数字正确、字迹清晰、不错漏、不潦草，防止涂改。

15. 合同约定付款方式分为几种？如何支付给供应商？

答：合同约定的付款方式共分为六种，具体支付方式如下。

（1）91 方式。

1）设备类标的物自调试验收合格之日起 30 日内，或材料类标的物自货到现场后 30 日内，甲方向乙方支付合同价款的 90%。

2）合同价款其余的 10% 作为质保金，质保期（调试验收合格后 12 个月）满后支付。若在质保期内发现设备质量问题或乙方不按合同约定提供相应服务，甲方有权扣减部分或全部质保金。

3）乙方在收到合同总价的90%后，一日内向甲方提供合同总金额100%的增值税发票。

（2）181方式。

1）自本合同生效之日起30日内，甲方向乙方支付合同价款的10%。

2）设备类标的物自调试验收合格之日起30日内，或材料类标的物自货到现场后30日内，甲方向乙方支付合同价款的80%。

3）合同价款其余的10%作为质保金。质保期（调试验收合格后12个月）满后支付。若在质保期内发现设备质量问题或乙方不按合同约定提供相应服务，甲方有权扣减部分或全部质保金。

4）乙方在收到合同总价的90%后，一日内向甲方提供合同总金额100%的增值税发票。

（3）361方式。

1）自本合同生效之日起30日内，甲方向乙方支付合同价款的30%。

2）设备类标的物自调试验收合格之日起30日内，或材料类标的物自货到现场后30日内，甲方向乙方支付合同价款的60%。

3）合同价款其余的10%作为质保金。质保期（调试验收合格后12个月）满后支付。若在质保期内发现设备质量问题或乙方不按合同约定提供相应服务，甲方有权扣减部分或全部质保金。

4）乙方在收到合同总价的90%后，一日内向甲方提供合同总金额100%的增值税发票。

（4）172方式。

1）自本合同生效之日起30日内，甲方向乙方支付合同价款的 10%。

2）设备类标的物自调试验收合格之日起 30 日内，或材料类标的物自货到现场后 30 日内，甲方向乙方支付合同价款的 70%。

3）合同价款其余的 20% 作为质保金。质保期（调试验收合格后 12 个月）满后支付。若在质保期内发现设备质量问题或乙方不按合同约定提供相应服务，甲方有权扣减部分或全部质保金。

4）乙方在收到合同总价的 80% 后，一日内向甲方提供合同总金额 100% 的增值税发票。

（5）1441 方式。

1）自本合同生效之日起 30 日内，甲方向乙方支付合同价款的 10%。

2）自标的物货到现场开箱验收合格之日起 30 日内，甲方向乙方支付合同价款的 40%。

3）自标的物安装调试完成，正常运行 90 日内，甲方向乙方支付合同价款的 40%。

4）合同价款其余的 10% 作为质保金。质保期（调试验收合格后 12 个月）满后支付。若在质保期内发现设备质量问题或乙方不按合同约定提供相应服务，甲方有权扣减部分或全部质保金。

5）乙方在收到合同总价的 90% 后，一日内向甲方提供合同总金额 100% 的增值税发票。

（6）100 方式（很少用）。

1）设备类标的物自调试验收合格之日起 30 日内，材料类标的物自货到现场后 30 日内，甲方向乙方支付合同价款的 100%。

2）乙方在收到合同总价的 100% 后，一日内向甲方提供合同总金额 100% 的增值税发票。

16. 填写电汇、信汇凭证应注意哪些问题？汇兑结算方式是什么？

答：填写电汇、信汇凭证应注意以下一些问题。

（1）填写电汇、信汇凭证时需要注意检查付款凭证是否有领导、审核人、经办人签字，若有一项不全都应不予办理。

（2）审核厂家、开户行、账号是否准确，核对付款金额与付款凭证是否一致。

（3）审核付款单据要加盖单位财务章及人名章。

（4）要在电汇、信汇凭证附件信息及用途处注明工程名称，以便厂家查找。

（5）签发汇兑凭证必须记载收款人名称汇出地点、名称，委托日期，汇款人签章，无条件支付的委托确定的金额。

汇兑结算方式是指汇款人委托银行将款项给外地收款人的结算方式。向供应商付款时，采用汇兑结算方式，一般分为信汇、电汇两种。信汇是指汇款人委托银行通过邮寄方式将款项划转给收款人。电汇是指汇款人委托银行通过电报将款项划转给收款人。汇兑结算方式适用于异地之间的各种款项结算。这种结算方式划拨款项简便、灵活。

17. 工程物资财务管理总原则是什么？

答：工程物资财务管理的总原则是以合同资金管理为核心，规范执行业务操作流程，明确各岗位职责并杜绝差错。财务、采购、仓储配送部门都必须按照每个工程项目，逐笔管理所涉及的每个合同的资金申请、账面到款，资金付出、实物收料、物资出库，竣工结算；按照同一工程项目下的每个合同逐笔统计与管理已付出的定金、货款、质保金及现存库存账面、物资账面的余额,按照合同逐笔统计管理物资的到货、验收、收料单,结转工程物资财务资料等。

18. 收料单、领料单在物资财务管理中有什么作用?

答:收料单是物资采购部门确认物资已实际到货,财务进行收料账务核算的依据。领料单是物资采购部门与建设单位确认物资已被某一具体工程领用,提供给物资公司财务和建设单位财务进行账务处理的依据。

19. 什么是工程领票结转? 工程领票结转应注意什么?

答:工程领票结转是指依据各项内容填写正确、齐全、办理完收、领料手续的领料单、价款结算审定表、正本合同向建设单位结转工程所发生物资资金的过程。领票结转时应注意以下几点。

(1)确认价款结算单的工程编号正确。

(2)核对价款结算单与领料单的领料单位、工程名称、工程编号、合同号、供货单位名称、供货设备、材料名称、规格、金额一致。

(3)核对价款结算单与合同中的合同编号、工程名称、厂家名称、物资名称、规格型号、金额一致。

(4)清晰正确填制会计凭证,要求附件齐全。

20. 物资账务核算的基本科目有哪些?

答:物资账务核算的基本科目主要有以下内容。

(1)工程物资—预付账款:主要用于核算预付款、货款支付及发票报销业务。

(2)应付账款—应付暂估:主要用于核算发票报销及领

票结转业务。

（3）应付账款—质保金：主要用于核算发票报销及质保金支付业务。

（4）内部往来：主要用于核算主要用于核算领票结转业务。

（5）银行存款：主要用于核算预付款、货款及质保金的支付业务。

（6）其他应付款—其他—业扩工程：主要用于核算业扩工程的收款，预付款、货款、质保金的支付以及发票报销业务。

21. 成本采购物资和工程采购物资两者的账务处理有何区别？

答：（1）成本采购物资的账务处理。

1）转料。

借：内部往来。

贷：应付账款/同一招投标计量表计。

2）付款。

借：应付账款/同一招投标计量表计。

贷：银行存款。

3）结转进项税。

借：应交税金/结转进项税。

贷：应付账款/同一招投标计量表计。

借：内部往来。

贷：应交税金/结转进项税。

（2）工程采购物资的账务处理。

1）预付款支付。

借：工程物资—预付账款。

贷：银行存款。

2）发票报销。

借：应付账款—应付暂估。

贷：工程物资—预付账款；

应付账款—质保金。

3）支付80%货款。

借：工程物资—预付账款。

贷：银行存款。

4）结转领票。

借：内部往来。

贷：应付账款—应付暂估。

5）支付质保金。

借：应付账款—质保金。

贷：银行存款。

22. 工程物资供应商开具发票时，何时应开具增值税专用发票，何时应开普通发票？

答：工程物资供应商在开具发票时，都可开具机打增值税普通发票；只有需要抵扣进项税的成本采购类合同才需要开具增值税专用发票，这需要采购部门与成本采购供应商确认。凡是用于工程的合同，都要开具机打增值税普通票。

23. 增值税发票的开具要求？

答：（1）字迹清楚。

（2）不得涂改。

（3）项目填写齐全。

（4）票、物相符，票面金额与实际收取的金额相符。

（5）各项目内容正确无误。

（6）全部联次一次填开，上、下联的内容和金额一致。

（7）发票联和抵扣联加盖财务专用章和金额一致。

（8）不得开具伪造的专用发票。

（9）不得拆本使用专用发票。

（10）不得开具票样与国家税务总局统一制定的票样不相符的专用发票。

开具的专用发票有不符合上列要求者，不得作为扣税凭证。

24. 增值税专用发票的基本联次有哪些？各有什么用途？

答：增值税专用发票基本联次统一规定为四联，各联次必须按以下规定用途使用。

（1）第一联为存根联，由销货方留存备查。

（2）第二联为发票联，购货方作付款的记账凭证。

（3）第三联为税款抵扣联，购货方作扣税凭证。

（4）第四联为记账联，销货方作此销售的记账凭证。

25. 物资管理中的资金流怎样定义？

答：资金流是指用户确认购买商品后，将自己的资金转移到商家账户上的过程。

26. 支票的种类有哪些？用途是什么？结算的基本规定是什么？

答：支票分为现金支票、转账支票和普通支票。现金支票只能用于支取现金；转账支票只能用于转账；普通支票可以用于支取现金，也可以用于转账。在普通支票左上角划两条平行线的，为划线支票，划线支票只能用于转账，不能支取现金。向供应商用支票结算时，应遵守以下规定。

（1）支票一律记名。

（2）支票的有效期为 10 天。

（3）支票的金额起点为 100 元。

（4）签发支票应使用墨汁、碳素墨水或蓝黑墨水填写，未按规定填写，被涂改冒领的，由签发人负责；支票上各项内容要填写齐全，内容要真实，字迹要清晰，数字要标准，大小写金额要一致。支票大小写金额、签发日期和收款人不得更改，其他内容如有更改，必须由签发人加盖预留银行印签章证明。

（5）签发人必须在银行账户余额内按照规定向收款人签发支票。

（6）已签发的现金支票遗失，可以向银行申请挂失。

27. 报废物资出售后应怎样作账务处理？

答：报废物资出售后应作如下账务处理。

（1）借：固定资产清理；
　　　　　累计折旧。

　　　贷：固定资产。

（2）借：营业外支出。

　　　贷：固定资产清理。

如有收入，作如下处理。

（1）借：银行存款。

　　　贷：营业外收入。

（2）借：营业外收入；
　　　　　本年利润。

　　　贷：营业外支出。

28. 什么叫票据丧失，补救方法有哪些？

答：票据丧失是指票据因灭失、遗失、被盗等原因而使票据权利人脱离其对票据的占有。票据丧失后可以采取挂失止付、公示催告、普通诉讼三种形式进行补救。

29. 库存实物与财务库存账的盘点、对账有哪些规定？

答：对于库存实物与财务库存账的盘点、对账，主要有以下规定。

（1）对于固定资产的清查工作，应由财务处牵头组织，各保管使用部门配合进行，每季度盘点一次，并在经济活动分析会上汇报盘点情况。

（2）固定资产清查盘点时由各资产使用保管部门进行实物盘点，并填写固定资产清查盘点表，报固定资产管理部门确认，财务部门根据盘点结果及各项固定资产的价值确认账、卡、物相符。

（3）盘盈的固定资产，由使用保管部门查明情况，填制固定资产盘盈报告单，经固定资产管理部门审核确认后，报上级批准后，财务处办理入账手续。

（4）发生固定资产盘亏，固定资产使用保管部门要负责查明原因，根据固定资产盘点表填制固定资产盘亏审批单，报资产管理部门确认后，按照资产管理程序报上级批准后，财务处办理固定资产清理手续。

30. 上级无偿调入的固定资产的计价入账方法是什么？

答：按调出单位的账面原价（不包括安装费用），加上新发生的包装运输费和安装调试费用计价。同时按其已提折旧，计入累计折旧。

31. 固定资产在发生减少和清理时，财务人员在进行账务处理前应注意哪些事项？

答：当固定资产发生减少和清理时，财务人员在进行账务处理前应注意以下事项。

（1）财务人员应与固定资产的使用部门和管理部门核实账物是否相符。

（2）应注意固定资产盘亏、报废的手续是否合规、完整，即相关固定资产报废或盘亏审批表必须经本公司实物管理部门、财务部门负责人、公司领导签字并加盖公章后报送上级单位实物管理部门及价值管理部门，在得到上级单位实物管理部门及价值管理部门审核盖章后方可进行相关处理。

32. 库存物资计价方式有几种？

答：库存物资计价方式主要有以下几种。

（1）个别计价法。采用这一方法是假设存货的成本流转与实物流转相一致，按照各种存货，逐一辨认各批发出存货和期末存货所属的购进批别或生产批别，分别按其购入或生产时所确定的单位成本作为计算各批发出存货和期末存货成本的方法。又称"个别认定法"、"具体辨认法"、"分批实际法"。个别计价法的优点是计算发出存货的成本和期末存货的成本比较合理、准确。缺点是实务操作的工作量繁重，困难较大。适用于容易识别、存货品种数量不多、单位成本较高的存货计价。

（2）先进先出法。是指先入库的材料先发出，即按先入库的成本发出材料，发完该批再发第二批。

（3）加权平均法。亦称全月一次加权平均法，是指以当月全部进货数量加上月初存货数量作为权数，去除当月全部进货成本，加上月初存货成本，计算出存货的加权平均单位成

119

本，以此为基础计算当月发出存货的成本和期末存货的成本的一种方法。优点是计算方法简单。缺点是不利于核算的及时性；在物价变动幅度较大的情况下，按加权平均单价计算的期末存货价值与现行成本有较大的差异。适合物价变动幅度不大的情况。

（4）几何平均法。就是运用几何平均数求出预测目标的发展速度，然后进行预测。它适用预测目标发展过程一贯上升或下降，且逐期环比率速度大体接近的情况。

（5）计划成本法。是指企业存货的收入、发出和结余均按预先制定的计划成本计价，同时另设"材料成本差异"科目，作为计划成本和实际成本联系的纽带，用来登记实际成本和计划成本的差额，同时计划成本法下存货的总分类和明细分类核算均按计划成本计价。因此这种方法适用于存货品种繁多、收发频繁的企业。如果企业的自制半成品、产成品品种繁多，或者在管理上需要分别核算其计划成本和成本差异的，也可采用计划成本法核算。

（6）毛利率法。是根据本期销售净额乘以前期实际（或本月计划）毛利率匡算本期销售毛利，并计算发出存货成本的一种方法。本方法常见于商品流通企业。

33. 物资财务信息化系统操作员的职责是什么？

答：物资财务信息化系统操作员的职责是：严格在规定范围内对系统进行操作，负责数据的输入、运算、记账和打印有关账表。对已输入计算机的数据，在记账前发现差错，可按凭证进行修改，如在记账后发现差错，必须另作凭证，以红字冲销纠正，输入机内。任何人不能随意修改账目。操作员必须严格按操作权限操作，不得越权或擅自上机操作。

34. 收取供应商发票时，应注意哪些事项？

答：收取供应商发票时，应注意以下一些事项。

（1）审核其合法、合规性，看是否符合财务制度、法律法规和费用开支的标准。

（2）审"抬头"，看发票抬头开具的单位名称是否与报账人所在单位相符。

（3）审"填制日期"，看是否与报账日期相近。

（4）审"用途"，看是否与"发票"或"收据"相关联。

（5）审"财务签章"，看是否与原始凭证企业或单位名称相符。

（6）审"金额"，看计算是否正确，完整。

（7）审"大、小写"，看大、小写是否一致。

（8）审"脸面"，看有无涂改、乱擦、折叠、纸贴现象。

35. 借出、查阅或复制与物资采购有关的会计档案应办理哪些手续？

答：借出、查阅或复制与物资采购有关的会计档案应按以下流程办理。

（1）应填写借阅单，由财务部门负责人签字批准，方可借出、查阅或复制。

（2）外单位人员不得借阅公司的会计档案，特殊需要须持单位介绍信，经公司主管会计领导批准方可查阅、复印。原件一律不得借出。

（3）借阅期限不得超过3日。

36. 已归档的物资采购会计档案需要拆封重新整理时，应注意什么？

答：移交财务档案室保管的会计档案，原则上应当保持原卷册的封装，不得拆封，但如遇个别需要拆封重新整理的，档案室保管人应当会同制证人共同拆封整理。

37. 财务部门接受采购合同的流程是怎样规定的?

答：财务部门接收采购部门正、副本合同及移交目录、电子版目录时，应核对移交目录与合同是否一致。内容包括工程名称、工程编号、合同编号、厂家名称、合同金额。验收确认后，接收人、移交人分别在移交目录上签字。签字、移交时间均以手签为准，打印的签名和移交时间均视为无效。

38. 财务档案室应如何保管相关财务档案?

答：对于财务档案，财务档案室收到后应按如下流程进行保管。

（1）每年形成的会计档案，应当按照归档要求，负责整理立卷，装订成册，编制会计档案保管清册。移交会计档案时，原则上应当保持原卷册的封装。个别需要拆封重新整理的，财务档案室管理员应当会同会计人员和经办人员共同拆封整理，以分清责任。

（2）保存的会计档案不得借出。如有特殊需要，经财务负责人批准，可以提供查阅或者复制，并办理登记手续。查阅或者复制会计档案的人员，严禁在会计档案上涂画、拆封和抽换。同时财务档案室应当建立健全会计档案查阅、复制登记制度。

（3）保管期满但未结清的债权债务原始凭证和涉及其他未了事项的原始凭证，不得销毁，应当单独抽出立卷，保管到未了事项完结时为止。单独抽出立卷的会计档案，应当在会计档案销毁清册和会计档案保管清册中列明。

（4）对于电子会计档案，应当保存打印出的纸质会计档案。采用磁带、磁盘、光盘、缩微胶片等磁性介质保存会计档案的，应定期备份，移交财务档案室。

（5）加强档案室环境的管理，做好防盗、防火、防高温、防光、防潮、防尘、防鼠、防虫等工作，并配备必要的保护设施。

39. 采购合同在财务管理中有什么作用？

答：合同又称契约，它是采购活动最常采用的将采购标的落实、实现采购目的的形式。财务管理中对采购合同的名称、标的、数量、价金、履行期限进行核实，确定最终入账数目，保证财务账面的准确性。

第十一章

协 调 服 务

1. 如何处理因设计变更或施工变化导致实际供货与订单产生的差异?

答:在工程实施过程中,如果出现因设计变更或施工变化导致实际供货与订单数量不符时,应作如下处理。

(1)及时根据建设单位确认的设计变更与供应商联系沟通,第一时间将变更告知,及时调整实际到货数量及技术条件要求,保证工程的物资需求。再根据变更数量及时更改订单确保商务合同与实际到货一致。

(2)若生产厂家已经生产完毕,可以和厂家协商能否注销商务合同,若商务合同不能注销,可以考虑公司以后的工程利用,以减少损失。

(3)如果因为变更引起价格变化时,应将建设单位确认的设计变更及时报告上级职能部门,进行重新询价订货,接到正式批文后变更商务合同。

2. 由于技术协议中增加附件数量导致合同总金额发生变化时,应该如何处理?

答:在技术协议签订过程中,如因工程需要增加附件数量,出现与中标金额有差异时,应请建设单位依据已签订的技术协议及时将增加的部分通过系统正式上报物资需求计划,计划员再根据确认后的中标结果编制订货计划,以保证商务合同、技术协议及实际到货数量一致。

3. 在电力物资供应过程中，物资部门服务沟通的对象有哪些？

答：物资部门服务沟通的主要对象有电力企业职能管理部门、业主单位，项目的安装施工单位工程监理公司、单位设计、各供应商、运输单位等。

4. 当遇到紧急工程时，如何做好订货计划工作？

答：当遇到紧急工程时，应做好以下工作。

（1）应同建设单位沟通，及时了解工期及所需物资等情况，同时和招标部门沟通，了解物资招标进展情况。

（2）对已定标的物资应先组织相关单位进行技术谈判签订技术协议，并按工期需要同供应商确认交货期。

（3）在接到中标通知书后，立即编制物资订货计划，签订商务合同，同时要求供应商提交供货周期计划表。

（4）定期了解和掌握工程进度，及时协调供应商设备生产进度；定期调查设备生产进度情况，确保按时交货。如有不能满足生产周期的物资需求，可在取得相关职能管理部门确认文件的前提下，同其他工程相同设备进行调换从而满足工程需求。

（5）依照设备实际生产进度，提前安排确定交货时间。

（6）订货计划中要注意交货时间与运输计划衔接。

5. 物资管理中沟通的意义和主要作用是什么？

答：物资管理过程中，信息沟通对于协调公司的内部、外部以及各个部门、各专责人是十分必要的，对有效地达成共识，共谋解困之策，完成工作目标等具有重要意义。例如，当技术条件发生变更与中标产生差异时，通过及时沟通将变更内容反馈给相关部门，以便调整中标内容，确保工程所需设备、技术条件、中标内容、商务合同保持一致；当工程要求交货期与供货周期不符时，通过沟通协调，可以使供货商将其他公司或工程技术条件相同的设备优先供货，从而满足工程要求交货期。使物资供应服务做到及时、准确、优质。通过有效的沟通，可以使公司内部分工合作更为协调一致，保证整个组织体系统一指挥，统一行动，实现高效率的管理；也可以使公司与外部环境做到更好的配合，增强应变的能力，从而保证公司的生存与发展。所以，良好的沟通是公司达到协调状态的重要基础，是公司完成其目标的必要条件。

6. 如何组织合同的技术谈判？

答：（1）接到中标通知书后，根据项目交货期缓急、设备重要程度，制定出设备技术条件谈判会。

（2）计划谈判前应准备好相关的资料，如招标技术文件及技术差异反馈商务差异，答疑澄清文件等。

（3）通知相关部门参加技术谈判会，参加部门一般有设计部门、业主单位、项目主管部门、相关技术管理部门、中标供应商等。

（4）记录在谈判过程中所谈设备的规格型号、技术标准、供货范围、交货期与中标结果是否一致，有无商务差异，当供需双方对技术协议达成一致后，请参会人员进行会签确认。

（5）为协调设计及其他方面的接口工作，根据需要组织召开设计联络会。签约后的 30 天内，生产厂商建议设计联络会方案。在设计联络会上物资公司有权对合同设备提出合理的改进意见。

7. 在合同的技术谈判和商务谈判中应该主要关注哪些内容？

答：（1）技术谈判应关注的内容包括：设备制造应达到

的技术标准；制造过程中的工艺标准；设备出厂前的试验内容及数据标准、图纸确认；设备的供货范围及明细。

（2）商务谈判应关注的内容：技术协议与中标结果是否一致，供货范围及明细与发标时是否一致，有无增减，如有差异及时反馈相关部门。交货期与中标结果是否一致，能否满足工程需求，明确所需的现场配合服务，如有商务差异，及时反馈相关部门。

8. 供应商按技术条件生产完毕后，若发生设计变更，应如何协调处理？

答：首先及时联系供应商，协商可否能按变更内容进行改造，如有交货期和价格变化，应请业主单位确认；如供应商不能按变更后的技术条件进行生产，应及时反馈给设计、招标、建设单位等相关部门进行协调；如设备已生产完，尽量协调将此设备用于其他工程，以减少不必要的损失；如果原供应商不能按新的技术条件进行生产时，应该按照规定的程序选择新的供应商。

9. 如何开展好服务工作？

答：将精细化管理运用到工作中，把服务做到精致、认真、细心，时时处处体现出服务的价值，切实提高服务的能力和水平。

第一，为用户提供高质量的服务。服务标准包括三个方面内容：一是熟练掌握业务技能，熟练掌握本岗位的专业知识和技能；二是注重形象和礼仪，待人接物注意礼仪，时刻想着我们代表的是企业的形象；三是岗位服务流程化，为各个岗位的服务工作制定详细的服务流程，严格贯彻实施。

第二，根据用户的不同需求，提供个性化服务。在提供统一规范的服务同时，要注意采用服务的差异化来满足需求的个性化。

第三，培养观察入微、精益求精、善于创新的服务精神。

总之，要通过为用户提供100%满意的服务，让用户感知我们的服务价值，实现从我们主动寻找客户到客户主动向我们寻求帮助并逐渐依赖于我们服务的过程转变。

10. 如何提高服务效率？

答：通过运用精细化服务结合绩效考核的方法，提高网上办公效率。精细化服务工作存在PDCA（计划—执行—检查—改进和标准化）循环。为了提高服务效率，首先应进一步规范精细化服务标准的可操作性，要通过反复的实践、摸索，逐步完善、规范服务标准；其次在推进精细化服务工作中应积极给予组织、管理系统（出台相关的激励和约束机制）和流程方面（精细化服务工作的推进程序等）的保障，将精细化服务推进工作纳入经营管理的系统当中，主动协调各相关部门，保证精细化服务工作有目标、有组织、有决策、有执行、有反馈，要继续加强精细化服务工作的检查与督导工作；第三，纳入绩效考核，建立考评体系。绩效考核决定了员工的行为方式，在精细化服务工作过程中，制定量化的考核目标，帮助企业员工建立起"用数据说话"的思想意识和行为方式，客观衡量精细化服务变革中每一个阶段所取得的成绩。例如，在办公物品采购过程中运用绩效管理，将订单数、采购质量合格率、完成时效性、采购金额、采购价格、采购种类、采购成本、实现利润这些项目作为考核内容，针对参与的每个人制定量化的指标，逐年提高考核指标，通过相关人员的共同努力，较好地完成了采购任务，得到了机关各部门的肯定。建立明确的、良好的考评体系，全体员工就具有了变革的动力，按照既定的目标做出努力、达成绩效，绩效的达成程度与员工的物质和精神奖励直接挂钩。

11. 如何协助工程建设部门做好工程物资用款计划？申报时应注意什么？

答：物资采购部门应协助工程建设部门就用款计划上报做好以下几点。

（1）物资采购部门根据投资建议计划中的项目将合同归结。

1）对于建设部门已上报物资需求但未完成定标的，根据建设部门物资需求中的物资型号估算设备价值。

2）对于采购部门已有采购合同的，根据采购合同内容，按物资用途分类并将所对应的价值汇总（分类应按设备、主材、装置性材料进行）。

（2）物资采购部门根据工程物资的实际使用情况对以前季度的用款计划执行情况进行分析汇总。

1）将合同签订金额、用款计划金额、完成资金支付金额及本季度所需支付的款项的金额按预付款、货款、质保金进行汇总。

2）将汇总表及采购合同明细表上报工程建设部门。

采购部门申报用款计划时应注意以下几点。

（1）要根据投资建议计划中的项目进行申报。

（2）本次申报后的用款计划累计总额不应超出项目概算。

（3）本次申报后的用款计划累计总额不应超出当年年度投资预控计划金额。

（4）申报金额以万元计列，小数点后保留 2 位，并遵循上进位方法。如：计划金额为 100.242 万元，申报时则应为 100.25 万元。

（5）申报时间为每个季度第一个月的 8～10 日，以公文的方式申报。

12. 如何指导供应商正确开具发票？

答：（1）供应商开具发票时间一般应为合同标的物到现场验收合格后 10 个工作日内。发票金额要与合同及到货情况完全一致。如果到货数量、规格型号或标的额与合同不符，应及时与有关部门联系，查明原因。必要时，应在完成修订合同或签订补充合同后，再开具相应增值税发票。

（2）供应商应按照开具发票说明在发票左上角购货单位栏填写基本信息：公司名称、纳税人识别号、地址、电话、开户行及账号。

（3）发票备注栏按照合同文本注明合同编号、工程名称、工程编号及建设单位。

（4）若供应商已开具发票，却发现合同内容变更时，在这种情况下也可以抵扣其他规格型号、数量、单价相同的合同，以免发票作废。

13. 供应商方合同遗失后应怎样处理？

答：首先，查阅是否将合同原件已转给供应商；其次，在确认合同已转后，由供应商出具文字说明，写明合同遗失原因，并签字盖章；第三，由供应商提供该合同的中标通知复印件；最后，为供应商提供遗失合同的复印件。

14. 采购部门对外整体移交资料前应做哪些协调工作？

答：在采购部门对外整体移交资料前应做好以下协调工作。

（1）用复印件存档时。

1）必须将合同原件归档。如因某种原因未能将原件归档，须移交部门写备考加以说明。

2）监造报告、设备验收单、来往信函、会议纪要、结转通知等文件应将原件归档，因某种原因未能将原件归档时，须用签字笔在复印件上方写明原件所在位置，同时移交人签字并加盖部门印鉴。

（2）当存档资料内容的书写出现用圆珠笔、红笔、铅笔填写的现象时。

1）已经用圆珠笔、红笔、铅笔填写的资料应退还转交人不予接收。

2）对即将发生的资料，应规范各资料提交人员在制作需存档资料时用黑色签字笔填写资料内容。

（3）当档案科要求归档资料的整理顺序与日常工作整理资料顺序发生冲突时。采购部门移交资料时，应派专人协助档案科对资料的设备名称和移交目录按照上级要求进行拆分、排序后归档。

15. 如何处理仓库收货、供应商开具的发票、采购合同不一致的问题？

答：供应商签订的商务合同生效，货到现场并验收合格以后，按照发票开具说明及采购合同开具增值税发票。对供应商开具的发票应进行如下的审核工作。

（1）核实发票左上角购货单位栏内容是否填写准确无误。

（2）查看发票备注栏是否按照开具发票说明的要求填写。

（3）核实发票的规格型号、数量、单价及总价是否与合同一致。

如内容一致，将通知收货人员进行 ERP 收货。

（1）若发现供应商提供的发票与收货内容及采购合同不

一致时，立即通知供应商将其发票退回，并按签订的采购合同重新开具发票。

（2）若发现供应商提供的发票与收货内容一致，但与采购合同不一致时，立即通知采购计划人员、合同签订人员及收货人员进行进一步的核实，并按核实结果进行货物或采购合同的变更。

16. 当项目投资来源发生变化时，对已签订的合同如何处理？

答：（1）设备已到现场、货款已支付且供应商已开具发票。

1）依据建设单位的投资变更情况说明，对设备做好相应的调整。设备仍需用在该工程时，供应商无需将货款退回，发票不做相应调整；设备需用在其他工程时，供应商需将货款退回，或从其他工程里将货款冲回；同时，发票也相应地冲抵到其他工程中或进行退票处理。

2）依据建设单位的投资变更说明及工程的实际需求，与供应商就合同签订补充协议。

（2）设备未到现场、未支付货款且供应商未开具发票时，根据投资计划的变更，将与供应商进行采购合同的变更，并根据合同的约定，向供应商支付货款，供应商开具相应的发票。

17. 定标后应做哪些协调工作？

答：（1）定标后，应于3日内将定标结果通知所有投标厂商。

（2）定标后，将中标结果通过信息系统告知项目管理单位。

（3）定标后，将中标通知书、中标方投标文件技术与商务副本、开标过程中的澄清文件以及投标报价单等一并转交业主单位，以便尽快顺利开展下一步工作。

18. 如何组织评标委员会进行评标工作？

答：（1）招标代理机构应严格按照规定，随机抽取评标专家。专家抽取后，应以个别方式通知本人，并做好参加评标的专家有关信息保密工作。

（2）招标代理机构应负责提供齐全的评标资料。

（3）做好评标现场组织工作：① 评标前负责引导评委签到、发放相关评标资料、通报各投标厂商回标情况、将评标系统打开等待评委登录；② 组织评委签订廉洁保密承诺书；③ 定期跟踪评委对招标服务的满意度调查，定期征求评委意见。

19. 在招标过程中对投标人应提供哪些服务？

答：（1）招标代理机构应按照公告中明示的时间、地点出售招标文件。

（2）对于供应商在编制投标文件中提出的技术问题，应及时整理转交设计部门进行澄清，并将结果正式发放给所有投标人。对于商务问题，应由招标代理机构及时对问题提出人进行澄清、解答。

（3）对于供应商在回标时出现的问题，招标代理机构应及时指出，并对改进方法提出建议。

（4）招标工作人员应在不违反规定的情况下，对供应商在整个招标环节中所遇到的困难给予必要的帮助。

第十二章

档 案 管 理

1. 招标工作结束后，需向档案部门转交哪些资料？

答：（1）邀请招标需转交：① 开标记录移交目录（开标过程的记录）；② 物资招标计划；③ 邀请投标厂商名单；④ 取标登记；⑤ 会议通知；⑥ 回标登记；⑦ 签到表；⑧ 会议纪律；⑨ 招标设备清单及投标报价单；⑩ 澄清记录；⑪ 报价汇总表；⑫ 技术排序及汇总（邀标）；⑬ 评标票及评标汇总（邀标）；⑭ 评标报告；⑮ 中标通知书；⑯ 未中标通知书。

（2）公开招标需转交：① 物资招标计划；② 取标登记；③ 会议通知；④ 回标登记；⑤ 签到表；⑥ 会议纪律；⑦ 招标设备清单及投标报价单；⑧ 澄清记录；⑨ 报价汇总表；⑩ 资质审查及结果表（公开）；⑪ 商务评分及汇总（公开）；⑫ 技术评分及汇总（公开）；⑬ 商务及技术报告；⑭ 中标通知书；⑮ 未中标通知书；⑯ 招标文件；⑰ 中标厂家技术文件；⑱ 未中标厂家技术文件。

2. 招投标文件材料的归档时间是如何规定的？

答：招投标文件资料在招标工作结束且归档资料齐全 40 天以内向档案管理部门移交。

3. 什么是招投标档案的预立卷？

答：招标文件材料的收集、保存、整理和归档工作由招标部门按本专业特性预立卷，即一次招投标时间所形成的全部文件为组卷形式，招投标档案文件按其文件归档形式分为开标记录、中标厂家投标书、中标厂家投标书电子文件（光盘）、招标文件和未中标厂家投标书、未中标厂家投标书电子文件（光盘）六部分。

4. 采购部门合同归档范围是哪些？

答：采购部门应归档的范围分为三部分。

（1）合同类文件。

1）必须归档的资料。每一单项设备和材料的买卖合同（合同应附有中标通知）及技术协议。

2）若发生单项买卖合同与中标通知书中的规格型号、数量、单价、供货期、补充订货及招标文件其他要约有差异时，须将新的变更合同及依据、变更后的技术协议或补充协议、请示及批复，与供应商往来的传真、函件、会议纪要等文件，随该项采购合同一同归档。

（2）设备材料质量类文件。

1）必须归档的资料。设备材料到货的设备配送现场验收移交单、设备监造报告（变压器、组合电器、开关柜等一次主设备必须具有，其他设备酌情）。

2）如发生设备质量问题，须有相应的设备质量问题的报告、请示、批复、协调纪要、处理决定、索赔谈判纪要等文件归档。

3）设备器材明细表（可暂用价款结算审定表代替）。

（3）工程物资结算类资料。必须归档的资料有收料单、领料单、设备/材料付款凭证、价款结算审定表。

（4）进口设备的各项资料。包括海关、商检等文件或复印件。

5. 采购合同文件材料归档时间是如何规定的?

答: (1) 工程竣工结算完毕后的 30 天内, 应具备向档案科移交条件, 由档案管理部门负责工程基本资料归档 (质保金付讫资料除外)。

(2) 一年以后的质保金付讫资料, 在资金付清后的 20 天内, 应具备向档案科移交条件, 由档案管理部门负责按工程项目归档。

6. 什么是采购档案的预立卷?

答: 采购文件材料的收集、保存、整理和归档工作主要由采购部门在工程项目竣工结算后及时对采购合同的文件材集中整理预立卷。

采购归档文件以工程项目、竣工年度和类别 (资金口) 的采购合同、图纸及过程文件分别进行预立卷。采购归档文件具有成套性。

7. 注销合同归档是如何规定的?

答: (1) 被注销合同真实地记录了工程项目采购合同签订的全过程, 与正式合同的重要性等同。

(2) 业务部门应对注销合同进行整理, 随该工程项目的合同正本及采购过程文件等资料一同移交至档案部门。

(3) 移交注销合同时, 在移交清单备注栏应加以专门注明。

(4) 注销合同与正式生效合同管理方法相同。

8. 文书档案的归档时间是如何规定的?

答: (1) 各部门在工作中形成的文件材料应由资料生成部门负责收集齐全并按照工作类别及时间顺序进行整理, 于次年第一季度内向档案室移交。

（2）各种会议结束后，及时将具有保存价值的会议材料向档案管理部门归档。

（3）公司各部门在专项工作中形成的有关文件及资料，在工作结束后统一按工作类别及时间顺序进行整理后向档案室移交归档。

9. 档案部门对招标、采购归档资料有什么要求？

答：业务部门在收集、整理应归档的文件材料（包括电子文件）时，应保证材料真实、准确，归档内容应完整、系统、清晰、规范。凡是需要归档的档案材料应做到书写材料优良，载体材料应能耐久保存，签字手续完备，字迹工整，图样清晰。归档部门应对其进行系统整理，文件材料整理符合规范要求。文件、图纸要留有装订线位置。将图纸类文件折叠为标准 A4 号纸幅面且留有装订线位置，便于长期保存。

各类项目的资料归档，原则上应由档案部门保存完整的原始档案。工作中产生的资料必须将原件归档，不得用复印件代替原件存档。当文件有多个正本及副本时，原则上只归档一份正本原件。

10. 向档案部门移交电子文件时应注意什么？

答：（1）业务部门在移交档案前应对档案材料电子文件内容的真实性、准确性、完整性、系统性、规范性进行核实。

（2）归档的电子文件，应有相应的纸质文件材料一并归档保存。

（3）电子文件移交时，由归档部门将光盘或磁盘等装入资料袋内密封，同时在密封袋表面注明资料袋内电子文件的内容，并在密封处加盖移交部门印鉴。

（4）移交部门在业务文件材料移交清单上注明"电子文件"字样。

（5）在密封处由移交部门和档案接收人员一同签章后归档。

11. 涉密资料归档是如何规定的？

答：（1）涉及保密性文件材料移交时，归档部门应将文件密封，在密封处加盖移交部门印鉴。

（2）移交部门在业务文件材料移交清单上注明"保密"字样。重要项目的归档文件材料以及政治供电项目等需要保密的原始文件材料在归档时，由部门领导在预立卷备考表中注明"保密"字样。

（3）在密封处由移交部门和档案接收人员一同签章后归档。

12. 业务档案的移交手续有何规定？

答：归档部门填写业务文件材料移交清单。在移交清单上的文件名称一栏中应填写文件材料全称，若归档文件材料涉及项目名称、厂家名称时，须标注全称，不能以简称代替，文件编号应同原始文件编号一致，如有不同，以文件编号为准，物资名称填写须标注文件材料的全部名称，日期填写文件的产生时间，若此文件需要说明，在备注标注。经接收人进行逐项验收、确认后，接收人、移交人分别在业务文件材料移交清单签字。

签字、移交时间均已手签为准，打印的签名和移交时间均视为无效。

13. 文件资料存在哪些缺陷时不能归档？

答：归档材料应使用碳素墨水或蓝黑墨水书写，严禁使用铅笔、圆珠笔和纯蓝墨水等不耐久、易磨损的材料书写。

凡为易褪色材料（如复写纸、热敏纸等）形成的并需要永久和长期保存的文件，移交人应先将文件资料复印后再归档，易褪色材料（如复写纸、热敏纸等）原则上不再归档。

14. 归档资料不规范时应怎么办？

答：（1）通过网络邮件打印的资料归档时，移交人须用签字笔在打印件上方写明邮件打印字样，同时签字并加盖部门骑缝章，视为原件归档。

（2）在本公司以外单位生成的、确有保存价值的复印件归档时，须在移交目录上标明"复印件"。

（3）如遇特殊原因须将副本或复印件归档时，归档人应用签字笔在复印件或副本上方写明原件所在单位名称、有关人员姓名或其他具体资料的名称，同时移交人签字，在资料上加盖移交部门骑缝章。

15. 复印件在什么条件下可以作为正式文件存档？

答：原件已经归档的资料，原则上不再归档复印件。若一份原件包含多个项目出现复印件时，按照复印件作为正文附件归档规定移交。

（1）复印件作为正文附件的资料，需在附件的第一页进行标识，移交人员签字并在整份文件的侧面加盖部门骑缝章。

（2）合同资料须将原件归档，合同附属资料中的复印件视为合同附件一并归档，不再作特殊标识。

16. 档案的借阅是如何规定的？

答：公司内部人员需要借阅档案时，须填写借阅申请表。

（1）在档案部门内部查阅、复制档案，须经档案部门负责人及以上领导签字同意后方可借阅。

（2）当档案需拿出档案科时，应经借阅部门负责人及以上领导签字同意后方可借阅。

（3）当档案需拿出公司以外地方时，应经公司领导签字同意后方可借阅。

（4）借出的档案应由专人妥善保管，不得丢失和泄密，并负责及时归还，不得积压。借阅时应保持档案清洁完整，不得抽页、涂改、损毁和增加注语等，否则依据有关制度追究责任。

17. 档案人员应具备哪些专业素质？

答：（1）应具有国家颁发的档案管理资格证书。

（2）应熟悉有关法律法规内容，掌握档案制度规定。

（3）掌握档案的收集、整理、立卷、保管、统计利用、鉴定销毁等工作。

（4）能够操作计算机并熟练的使用各种办公软件，能够编制档案检索工具。

（5）应熟知档案日常管理和库房安全防护内容。

（6）增强保密意识、遵守保密纪律。

第十三章

供 应 商 管 理

1. 如何加强对电力物资供应商的管理？

答：对供应商进行管理，要完善内部机制，教育员工把供应商当作伙伴，与供应商进行友好合作，引导供应商为企业服务。企业在对供应商管理中一般应注意以下几方面工作。

（1）根据供应商的产品、物料质量、供货能力和价格等因素确立主、次供应商。

（2）积极与供应商沟通，表达出企业对供应商的要求，让供应商全面了解采购工作的要求。

（3）就近寻找合格的供应商，降低采购成本。

（4）定期对供应商进行产品退货率、交贷逾期率和问题三方面的评价考核，并设立标准。

（5）通过帮助供应商完善检验制度，帮助供应商培训其员工队伍等方法帮助供应商成长，培养长期协作能力。

通过上述方面的供应商管理，加强双方的协作能力，从而达到促进企业发展，增强企业竞争力的目的。

2. 建立电力物资供应商资料库的作用是什么？

答：对供应商管理是供应链管理中的一个重要环节。供应商的管理直接关系到所采购到的物资是否符合合同标准和要求。完整、详细的供应商资料库的有以下作用。

（1）为查询供应商的全称、联系人、联系方式、注册资金、生产设备、相关资质文件等提供了便利条件。

（2）体现了对供应商的动态考察，对于供应商曾发生过的问题，在供应商库中都能够及时得到反映，能有效地避免采购风险。

（3）搜集到的供应商的投标文件商务资料、质量管理体系及质量管理水平、商务条款响应程度、资金财务状况、交货能力、以往履约情况、售后服务情况、销售业绩、产品质量等方面的信息，为采购提供依据。

3. 选用供应商的原则是什么？

答：选用供应商有以下几个原则。

（1）优秀的领导班子。企业领导人决策的正确性、预见性，使得企业健康稳定地发展。

（2）高素质的管理干部。企业有了高素质、有能力的管理干部，企业的管理才有效率、充满活力。

（3）稳定的职工团队。企业员工的稳定性才能保证产品品质的稳定，流动性过大的员工群体，其产品品质会受到相当的影响。

（4）优良的机器设备。良好的机器设备可保证产品品质。

（5）先进的技术。企业不仅要有素质高的管理干部和良好的管理，还应有经验丰富有创新的技术人员，只有技术不断改善创新，才能使产品品质更加有保障，材料成本不断下降。

（6）完善的管理制度。激励机制的科学，管理渠道的畅通以及各种管理制度的健全，能充分发挥人的积极性，从而保证供应商整体是优秀的，产品品质是优质的，服务是一流的。

4. 如何对供应商进行分类？

答：（1）按照供应商的性质划分，主要分为综合型企业、制造厂、代理商、科研单位。

（2）按照与供应商合作程度分为交易关系、合作关系和联盟关系。

1）交易关系：与供应商之间只存在简单买卖关系，中小程度的材料采购中经常与此类供应商合作。

2）合作关系：与供应商之间存在一定的相互依赖关系，主要在设备采购、大宗材料采购中形成。

3）联盟关系：与供应商之间以诚信关系为基础，是一种更加开放的关系。

5. 建立供应商库应包括哪些资料？

答：由供应商自愿提供如下纸质文件及电子文档（按商务、技术分类），并应按约定及时提供补充资料和说明。

（1）企业法人营业执照复印件。

（2）企业简介，包括生产、研发能力、规模、设备、厂房、人员等。

（3）企业质量保证体系或质量认证等级证书。

（4）企业近三年的财务报表等表明经营状况的文件，包括现金流量表、损益表、资产负债表等。

（5）建议使用产品的技术参数、质量标准、技术标准。

（6）国家实行生产许可证产品的许可证书复印件。

（7）建议使用产品的型式试验报告以及其他相关检测报告、文件。

（8）建议使用产品的销售业绩与运行情况。

（9）从事销售服务授权的相应资质文件。

（10）银行资信证明。

6. 对供应商进行考察时应注意哪些内容？

答：为了使供应商在产品质量、供货能力、售后服务、企业实力等方面真实地符合订货要求，满足建设、改造和运营方面的需要，成为诚信可靠、质量稳定地供应商，还需组织到厂实地考察，对以下内容进行核查，为最终采购提供参考依据。

（1）管理人员水平：① 管理人员素质的高低；② 管理人员工作经验是否丰富；③ 管理人员工作能力的高低。

（2）专业技术人员素质的高低：① 技术人员素质的高低；② 技术人员的研发能力；③ 各种专业技术能力的高低。

（3）机器设备情况：① 机器设备的名称、规格、厂牌、使用年限及生产能力；② 机器设备的新旧、性能及维护状况等。

（4）材料供应状况：① 产品所用原材料的供应来源；② 材料的供应渠道是否畅通；③ 原材料的品质是否稳定；④ 供应商原料来源发生困难时，应变能力的高低等。

（5）品质控制能力：① 品管组织是否健全；② 品管人员素质的高低；③ 品管制度是否完善；④ 检验仪器是否精密及维护是否良好；⑤ 原材料的选择及进料检验的严格程度；⑥ 操作方法及制程管制标准；⑦ 成品规格及成品检验标准是否规范；⑧ 品质异常的追溯是否程序化；⑨ 统计技术是否科学以及统计资料是否翔实等。

（6）财务及信用状况：① 每月的产值、销售额；② 来往的客户；③ 来往的银行；④ 经营的业绩及发展前景等。

（7）管理规范制度：① 管理制度是否系统化、科学化；② 工作指导规范是否完备；③ 执行的状况是否严格。

7. 对供应商进行考察时的注意事项有哪些？

答：（1）考察前应召开考察准备会，制订考察路线、安排领队及专家组组长，携带好考察时所需的考察表格及相关资料。

（2）考察中应认真按照考察表格、技术条件，对每一个考察对象就质量、工期、服务、实力等作认真测评，并对投标供应商作出客观公正的评价。考察时可适当拍照，作为考察报告附件；考察时可按技术、商务作适当分工。

各考察组组长应在每日考察结束后，在住宿地组织组员总结当日考察工作，考察组成员应完成对考察对象的评价表填写。

（3）考察所需各项费用均应由业主承担。

（4）在考察过程中，可以提问，但不应在现场作评价或承诺。

（5）整体考察结束后，由考察组负责编制考察报告。考察报告应包含对供应商的商务考察、技术考察情况，该供应商在其行业中的优势和特点、考察中发现的问题及考察结论。

（6）对考察结论有异议的成员可以书面阐述其不同意见，拒绝在考察报告上签字且不陈述其不同意见的，视为同意考察结论。

8. 为什么要求供应商提供银行出具的资信等级证明？

答：（1）资信等级是一个企业履约状况和偿债能力综合反映，低等级的企业较难获得金融机构和投资者的支持，在融资的难易程度和融资成本方面都处于不利的地位。要求资信等级是防止出现采购风险的必要条件。

（2）资信等级反映了一个企业的资金链是否良好，资金链的良好状况是企业保证供货能力的先决条件。

目前各家银行都有自己的一套信用等级评定标准，一般是根据企业的经营情况计算一些财务指标，包括流动性、盈利能力、经过管理能力、发展前景等，根据标准对其进行评分，一般满分 100 分，90 ~ 100 分的为 AAA 级，80 ~ 89 分的为 AA

级，70~79 分的为 A 级，依次类推。

9. 为什么要求供应商应具备 ISO 9001 认证？

答：ISO 9001 是 ISO 9000 族标准所包括的一组质量管理体系核心标准。ISO 9000 族标准是国际标准化组织（ISO）在 1994 年提出的概念，是指由 ISO/Tc176（国际标准化组织质量管理和质量保证技术委员会）制定的国际标准。ISO 9001 用于证实组织具有提供满足顾客要求和适用法规要求的产品的能力，目的在于提高顾客满意度。随着商品经济的不断扩大和日益国际化，为提高产品的信誉、减少重复检验、削弱和消除贸易技术壁垒、维护生产者、经销者、用户和消费者各方权益，这个第三认证方不受产销双方经济利益支配，公证、科学，是各国对产品和企业进行质量评价和监督的通行证；作为顾客对供方质量体系审核的依据；企业有满足其订购产品技术要求的能力。凡是通过认证的企业，在各项管理系统整合上已达到了国际标准，表明企业能持续稳定地向顾客提供预期和满意的合格产品。站在消费者的角度，以顾客为中心，能满足顾客需求，达到顾客满意，不诱导消费者。

10. 供应商的售后服务体系应包括哪几个主要方面？

答：售后服务是企业对客户在购买产品后提供多种形式的服务的总称，其目的在于提高客户满意度，建立客户忠诚。售后服务应包括：安装指导、现场调试、技术支持、提供备品备件、人员培训。

除以上内容外，供应商还应履行合同条款中所签订的相关服务内容，并应承诺在设备出现问题 24h 内，做到快速反应，配合客户进行应急抢修，并参加事故分析会等服务内容。

11. 供应商违约时，应如何处理？

答：当供应商违约时，主要有以下解决办法。

（1）可请求法院或仲裁机构进行仲裁，强制违约人履行合同。

（2）采取补救措施，要求供应商承担修理、更换、重做、退货、减少价款或者报酬等违约责任，实现合同目的。

（3）对于供应商违约所造成的损失，应要求其进行赔偿。

（4）支付约定的违约金，对于延迟支付违约金的，在支付违约金后，还应当履行债务。

12. 如何对供应商进行评估？

答：（1）建立有效的供应商综合评价体系。就电力物资来讨论应包括供应商业绩、产品核心技术原创性、集成性（包括使用现状、运行业绩）、主要装备水平、供货能力、产品质量稳定性、用户对产品质量评价、用户对服务质量评价等。

（2）分类评估。对于现有的供应商，每个月都要作一次调查，着重就价格、交货期、进货合格率、质量事故等各个方面进行量化评估，并 1～2 年作一次现场评估。

对潜在供应商，应评估公司概况、生产规模、生产能力、供货业绩、是否通过 ISO 9000 系列认证和安全生产认证，并要求提供样品和最低报价。然后进行现场考察，并出具考察报告，通过认定后，可小批量进货。

（3）保持动态管理。市场的需求和供给都在不断变化，应根据实际情况及时修改供应商评价标准或重新开始评估。

（4）确定主要关键指标。在所有的评估指标中，质量是最基本的前提。

13. 如何对供应商的产品价格、质量、交货期、服务进行综合评价？

答：企业通过供应商绩效管理，确保供应质量，同时在供应商之间做出比较，继续同优秀供应商进行合作，企业应通过供应商日常评价制度完成对合格供应商的综合评估。

（1）确定评价项目，应包括价格、交货期、质量、服务等。

（2）确定评分办法，拉开分值。

（3）确定评价办法，一般为每月进行一次，将各项得分汇入总评分表。

（4）确定评价等级，以 10 分为一档距，设立 A ~ E 级。

（5）评价处理，以 A 为优秀，E 为淘汰确定处理办法。

（6）被淘汰的供应商如欲再向本企业供货，需从新对其进行评估。

第十四章

报废物资管理

1. 废旧物资回收商资质必须满足哪些条件？

答：（1）依法注册年检有效的法人企业，并应提供法人企业经营执照、有效的税务登记证、组织机构代码证。

（2）注册资金 50 万元及以上。

（3）经营范围仅含或包含生产性报废物资的回收业务。

（4）具有政府主管部门核发有效的回收物资资质证（所在省份、直辖市没有规定的除外）。

2. 报废退运电力设备招标出售工作程序是怎样规定的？

答：（1）由资产实际使用单位向实物资产管理部门和价值资产管理部门提出退运物资的报废申请。

（2）经实物资产管理部门和价值资产管理部门同意报废后，向招标部门提交实物资产管理部门、价值资产管理部门批准的申请和报废处理物资的详细清单及相关的文字说明和图像资料。

（3）招标部门根据资产使用单位的报废物资提资资料，公开组织报废物资竞价活动。

（4）向竞价成功的回收商发出竞价成功通知书，协商其与资产使用单位签订报废物资出售合同。

（5）收集整理资产使用单位和回收商报废物资最终出售结果，归集有关资料存档。

3. 竞价销售报废的电力物资时，如何编制标底？

答：如进行有底价招标出售时，应由生技部、物资公司招标处、中心库及退运物资产权单位根据出售物资情况，于开标前共同编制、确定标底，在竞标活动结束之前标底应保密，并放置在开标现场。招标监督小组应对全过程予以监督，并签署相应的文件。

4. 编制报废物资竞价出售清单时，应注意哪些问题？

答：（1）编制清单时，先要审查是否履行了报废物资批准手续。

（2）以资产使用单位为单元，编制竞价出售清单。当资产使用单位要求以项目为基本单元时，应以某一单一项目为单元，编制清单。原则上，不得把不同资产使用单位间的报废物资打捆在一起出售。

（3）清单所列的报废物资名称、型号、规格、数量要尽可能详细，并与数码照片相对应。

（4）当对某些报废物资情况不十分清楚或发生差异时，应及时与资产使用单位联系，落实清楚后方可编入清单内。

（5）编制清单时应注意保密，不得私自对外透露有关信息。

5. 生产设备退出运行后应如何进行分类管理？

答：（1）退出运行后的电力生产设备经检测或鉴定后，如其整体性能还可满足生产运行要求，则由资产使用单位将其作为备品入库管理，亦可调往需用此设备的其他生产运行单位。

（2）退出运行后的电力生产设备如不能再满足生产运行要求，则资产使用单位经实物资产和价值资产主管部门批准后，作为报废物资由物资部门进行竞价出售处理。

6. 为什么采用公开竞价方式处理废旧物资?

答：（1）有利于在处理报废物资销售处理环节上更好地体现公平、公开、公正的原则。

（2）有利于加强对参与竞价活动的回收商进行统一、规范的管理。

（3）有利于强化废旧物资竞价出售环节的廉政监督力度。

（4）有利于创造公平竞争环境，提高废旧物资竞价出售工作效率。同时，也有利于提高废旧物资回收残余价值。

7. 实物资产使用单位在废旧物资处理前应做哪些准备工作?

答：（1）实物资产使用单位应就退出运行的或库存的废旧物资的名称、型号、规格、材质、数量制作详细清单。

（2）实物资产使用单位应依据报废物资清单向上级资产实物管理部门和价值管理部门办理相关报废批准手续。

（3）实物资产使用单位应依据报废物资批准手续，向物资管理部门提交报废物资出售处理申请。

（4）实物资产使用单位除应提供报废物资申请和相应的数码照片外，还应提供报废物资的存放条件、存放地点、撤运的截止时间。

8. 废旧物资竞价出售有几种形式?

答：废旧物资竞价出售分为有底价竞争报价和无底价竞争报价两种。

（1）有底价竞争报价。在规定的竞价时间内，以不低于底价的最高报价者为竞价成功者；但若最高报价仍低于底价者，则此次竞价按竞价失败处理。

（2）无底价竞争报价。在规定的竞价时间内，最高报价者为竞价成功。

9. 编制标底的工作纪律是什么？

答：（1）回避。与标底编制无关人员不问，不看标底，不参与编制标底过程。

（2）防泄密。

（3）过程操作规范。

10. 废旧物资竞价单位参加竞价前应提供本企业的哪些证明资料？

答：（1）工商营业执照正本、副本（原件）。

（2）组织机构代码证正本、副本（原件）。

（3）税务登记证正本、副本（原件）。

（4）废旧物资回收许可证（企业注册地或经营地，政府主管部门无此要求的除外）。

（5）法人代表授权书（原件）。

（6）本人身份证（原件）。

11. 废旧物资在网上竞价出售的特点是什么？

答：（1）参加竞价人数因不受竞价现场场地的限制，可以使参加竞价者数量不受限制，增加回收商参加竞价的竞争性。

（2）竞价者在网上下载竞价文件，在网上竞价，不用亲自到竞价现场参加竞价，可降低参加竞价成本，节约社会资源。

（3）利用网络地域分布的广泛性，可有效地抑制围标、串标现象；

（4）网上公开竞价，有利于以信息网络为载体，规范信息工作统为硬性约束，有利于创造"三公一诚"竞价环境，有利于廉政监督。

12. 验证合格后的废旧物资竞价单位回收商办理网上 CA 认证的工作程序是什么？

答：办理参加网上竞价的 CA 认证的工作程序如下。

（1）经验证合格后的竞价单位，应交纳参加竞价保证金；

（2）依据办理 CA 认证委托单，与第三方 CA 认证代理机构签订 CA 认证协议和购买 CA 认证电子证书（UBS KEY 盘）；

（3）与竞价销售废旧物资代理机构签订《关于参加网上竞价出售废旧物资协议》。签订的协议生效后，即可开通调试网上竞价系统。

13. 废旧物资竞价结束后，实际资产管理单位与回收商如何办理后续手续？

答：（1）实际资产使用单位应根据招标代理机构的竞价结果通知书与相应回收商签订买卖合同，并负责后期物资移交、资金回收上报等相关工作。

（2）实际资产管理单位应将废旧物资运至双方约定地点移交给回收商。

（3）对于确需回收商进入变电站等设备运行区外运废旧物资的，实际资产管理单位应负责为回收商办理相关手续，派出专人监护，以保障人员和设备安全。

（4）实际资产管理单位应严格执行废旧物资管理制度，避免在移交前发生缺损、丢失等情况。

（5）向回收商进行废旧物资的实物移交时，实际资产管理单位应核对回收商身份，在确定所出卖的废旧物资资金到账后，方可移交。移交过程中，应做好交接记录，双方签字确认后，方可将该物资移交给回收商。

14. 实际资产使用单位的废旧物资出售工作完成后，应向物资部门反馈哪些信息？

答：实际资产使用单位在废旧物资出售完成后，应将实际出售数量（合同数量）和总价正式告知物资部门，若合同数量与竞价约定数量或批准报废数量不符时，实际资产使用单位应书面报告上级实物资产管理部门和价值资产管理部门，说明理由。

15. 当竞价代理机构发布的竞价信息与实际资产管理单位提供的资料有重大差异导致竞价终止时，应如何处理？

答：若竞价代理机构发布的竞价信息与实际资产管理单位提供的资料有重大差异，导致竞价终止时，应作如下处理。

（1）竞价代理机构应退还竞价单位本次竞价购买竞价文件的费用。

（2）向参加网上竞价活动的所有竞价人说明情况并致以歉意。

16. 实际出售废旧物资的种类、规格、数量与竞价时提供的清单内容有差异时，应如何解决？

答：当回收商实际购得的废旧物资与实际资产管理单位提供的资料在材质或数量上有较大差异时，应由回收商自主与实际资产管理单位协商解决。

（1）数量差异，一般应以本次竞价结果的单价为基础，进行竞价结果的总价调整；材质差异，一般应以本次竞价结果和同类材质报价为参考，由竞价单位与产权管理单位协商以确定竞价结果的总价调整。

（2）废旧物资实际成交量以回收商竞价单位与实际资产管理单位签订的买卖合同为准。

（3）若购售双方不能达成一致意见时，应重新组织竞价。

17. 当废旧物资网上竞价过程中遇到不可抗力因素导致竞价中断时，应如何处理？

答：在网上竞价过程中，由于不可抗力造成网络中断或系统运行故障，使竞价信息传输、处理、显示异常（因竞价人所在地网络中断或自身设备发生故障情况除外），进而影响到网上无法正常有序进行竞价时，招标代理机构有权即时中止本次网上竞价活动。当在30min内网络或系统能够排除故障恢复运行，使竞价信息传输、处理、显示无异常时，招标代理机构可视具体情况继续组织网上竞价；当在30min内无法恢复正常时，招标代理机构有权终止本次网上竞价活动。当网络或系统恢复正常运行，使竞价信息传输、处理、显示无异常，能够正常进行网上竞价时，招标代理机构将重新组织网上竞价活动。

18. 竞价结束后，回收商拉运废旧物资前应办理哪些相关手续？

答：回收商竞价成功后，在招标代理机构协助下应自行与实际资产管理单位尽快核清废旧物资实际出售量，签订废旧物资买卖合同，依实际出售量进行结算。回收商在未交齐购货款前，不得运走任何废旧物资。竞价单位在签订合同后应积极履行后续相关手续。自行组织装载外运工作，装载外运废旧物资时，必须遵守现场安全工作规定。

19. 回收商竞价成功后不签订废旧物资买卖合同时，应承担哪些违约责任？

答：（1）回收商竞价成功后不按时签订废旧物资买卖合同的，应按照《关于参加网上竞价出售废旧物资协议》承担违约责任，扣除其全部竞价保证金，解除本协议和废止 CA 认证证书；

（2）竞价单位对已生效的废旧物资买卖合同不履行义务的，扣除其全部竞价保证金，解除本协议和废止 CA 认证证书；

（3）竞价单位若发生违反废旧物资买卖合同行为的，或其不规范行为给甲方或第三方造成以下严重后果之一的，扣除其全部竞价保证金，解除本协议和废止 CA 认证证书。

1）给甲方或第三方造成经济损失达到 5 万元（含）以上的。

2）给甲方或第三方造成企业形象及信誉受损，或有关人员被追究责任，受到相关处罚的。

3）给甲方或第三方造成其他影响严重后果的。

20. 若回收商在竞价成功后放弃竞价结果应如何处理？

答：（1）追究放弃竞价结果的违约责任。回收商在竞价成功后放弃竞价结果的，在一个年度内第一次发生时，扣除投标保证金 2 万元，并应立即补足至 5 万元。在未补足期间，暂停其网上参加竞价的资格，直至补足后方可恢复其资格；第二次发生时，扣除全部投标保证金 5 万元，并解除《网上竞价出售废旧物资的协议》和废止 CA 认证证书。

（2）重新确定新的竞价成功者。当报价最高的回收商放弃竞标结果时，应按照报价由高到低的排序确定。

21. 对参加竞价活动的代理人是如何规定的？

答：为了防止恶意竞价或违规竞价，参加竞价活动的代理人只能代理一个企业参加网上竞价活动，企业也不得将参加网上竞价活动的授权书授给多个代理人，否则，招标代理机构有权暂停该企业或该授权人参加网上竞价活动的资格。

22. 回收商网上竞价发生操作时，应如何处理？

答：（1）回收商应对自己在竞价系统上的网上报价操作（包括失误操作）结果负责。

（2）回收商操作人员在系统上输入的竞价信息，一旦在系统上确认提交成功，其报价结果不得撤销或者不能免责。

（3）依照《关于参加网上竞价出售废旧物资的协议》，回收商对于提交成功的竞价信息不予承认的，视为违约行为，应承担违约责任，包括扣除其竞价保证金，直至解除协议和废止CA认证证书。

23. 回收商需要更换网上竞价被授权人时，应履行何种程序？

答：当回收商需要更换网上竞价被授权人时，应向招标代理机构提交由企业法人代表签字并加盖公章的更换CA电子证书的申请。招标代理机构经复核无误后，在网上竞价系统中废止原CA电子证书，更换已变更被授权人的新的CA电子证书（USB KEY盘）给该回收商。

24. 回收商对购得的废旧物资应如何处理？

答：回收商购得的废旧物资后，对废旧物资处理应遵循两项原则。

（1）必须按环保规定作报废处理，不得在废旧物资处理过程发生污染水源、空气、土地等污染环境的情况。

（2）报废的整机或零部件一律不得直接（或经过修理、或经过拼装等）充当合格品，出售给他人或再投入使用，否则，由此产生的后果由回收商自行承担。

25. 招标代理机构在何种情况下将退还竞价保证金？

答：当参与竞价活动的回收商无过错自愿退出废旧物资网上竞价活动时，应向招标代理机构提交书面申请，招标代理机构在撤销其 CA 数字认证电子证书后的 10 个工作日内退还全部投标保证金。

26. 对于回收商恶意竞标，应如何处理？

答：当回收商在竞价时，若最高报价高于次高报价的以下两种情况下，最高报价者放弃竞价成功结果时，可以视为恶意竞标。恶意竞标者应承担违约责任，并作如下处理。

（1）对于标底在 50 万元以下的，竞价排名第二的竞标价格与标底相差 10% 以上者，应重新组织竞标。

（2）对于标底在 50 万元以上的，竞价排名第二的竞标价格与标底相差 5 万元以上者，应重新组织竞标。

第十五章

监 督 管 理

1. 招标监督工作应遵循什么原则?

答:按照分级管理、分级监督的原则,行使对招标活动的监督职能。对机电产品及材料的招标活动由纪检监察部门、审计部门、法律部门共同组成监督小组进行监督,对设备及材料的招标活动由本单位的纪委书记或纪检委员牵头组织监督小组进行监督。

2. 什么是规避招标?

答:(1)将必须进行招标的项目化整为零不通过招标而发包。

(2)将必须公开招标的项目擅自改为邀请招标。

(3)投标人相互串通投标或者与招标人串通投标,搞虚假招标。

(4)以其他任何方式规避招标的行为。

3. 什么是串标?对串标行为是如何分类的?串标行为有哪些危害?

答:(1)串标的含义。投标单位之间或投标单位与招标单位相互串通骗取中标就是串标。

(2)串标行为的分类。

1)投标者之间串标。投标人之间相互约定抬高或压低投标报价;投标人之间相互约定,在招标项目中分别以高、中、低价位报价，投标人之间先进行内部"竞价"，内定中标人，然后再参加投标；某一投标人给予其他投标人以适当的经济补偿后，这些投标人的投标均由其组织，不论谁中标，均由其承包。

2）投标者与招标者串标。招标人在开标前开启投标文件，并将投标情况告知其他投标人，或者协助投标人撤换投标文件，更改报价；招标人向投标人泄露标底；招标人商定，投标时压低或抬高标价，中标后再给投标人或招标者额外补偿，招标人预先内定中标人；招标者为某一特定的投标者量身定做招标文件，排斥其他投标者。

（3）串标的危害。

1）串标直接伤害了其他投标人的合法权益。实质上是一种无序竞争、恶意竞争行为，它扰乱了正常的招投标秩序，妨碍了竞争机制应有功能的充分发挥，往往使中标结果在很大程度上操纵在少数几家企业手中，而将有优势、有实力中标的潜在中标人拒之门外。破坏了建设市场的正常管理和诚信环境，严重影响到招标投标的公正性和严肃性，伤害了大多数投标人的利益。

2）当无标底或复合标底招标而又不采取量低价中标时，串标常常会导致中标价超出正常范围，从而加大招标人的成本。因为参与串标的企业一般会有某种形式的利益分成，这就会使他们操纵的标价超出了合理低价范围。

3）参与串标的企业往往诚信度不高，也不大重视企业的内部管理。由于赌博心理占了上风，它们编制的投标文件着眼点仅仅放在价格上，对施工方案不认真研究，无合理应对措施，即使中标，也不大可能认真组织项目实施，对工程建设留下隐患。

4. 为什么在招投标活动中要签订廉政保密承诺书？廉政保密承诺书分为几类？如何签订？

答：签订廉政保密承诺书的目的是提高参与招投标活动各相关人员廉洁自律意识，恪守职业道德，维护评标秩序，认真履行职责，规范进行评审，遵守评标纪律，保守评标秘密，公平公正地维护好招标人和投标人双方利益。

可按照签订廉政保密承诺书对象的不同进行分类，其对象分别是：招投标监督人员、直接与招标工作过程的工作人员、参加评标活动的评委及投标人。监督人员、工作人员按年度统一组织签订一次，鉴于专家参加评标活动的不确定性，评委每次在评标前须签订一份，投标人在回标文件中应签订一份。

5. 在监督开评标活动中应填写哪些格式性的监督资料？如何保管归档？

答：在开标评标活动中，招标监督人员应填下列格式性监督资料：① 开评标现场监督工作记录；② 技术废标审核单；③ 商务废标审核单；④ 评标澄清申请单；⑤ 商务差异通知单；⑥ 评标异常情况澄清单；⑦ 评标报告中的附件《招标监督小组意见》。每次招标工作结束后，监督人员按开标项目对监督资料进行整理，月底归档，由监察部门统一管理。

6. 招投标工作中的技术监督手段有哪些？监控音像资料应如何管理？

答：招标现场采取技术监控手段，采用视频、音频信息监控设备，监督人员能够及时了解和掌握招标现场情况，能够真实反映招标过程是否在"公开、公平、公正"的原则下规范运作。

按照保密规定要求，确保招标现场监控内容不外泄，同时便于查找原始资料，监控音像资料应由监察部门负责整理刻录统一管理和归案。

7. 投标文件在什么情况下方可废标？废标时应履行哪些工作程序？

答：投标文件出现下列情况之一者作废标处理。

（1）未按约定截标时间逾期送达的。

（2）未按规定要求密封的。

（3）符合招标文件规定废标条件的。

（4）有违反国家和地方有关招投标法律、法规及招投标工作纪律的。

确定废标的工作程序如下。

（1）由评委出具技术或商务废标审核单，明确写出提出废标理由并签署意见。

（2）评标委员会负责人经核实后确实符合废标条件的应签署同意废标意见。

（3）招标监督人员依据废标审核单理由、评标委员会负责人签署意见、招标文件的废标规定、有关法律法规进行复核，确实符合废标条件的方可签署意见。

（4）逾期送达的投标文件，或未按规定密封投标文件的，在投标人送达投标文件时就应拒收。

8. 公开招标公布招标公告后，投标人仍不足三个时，招标监督工作内容应有哪些？

答：当二次公布招标公告后，投标人仍不足三个时，招标监督工作内容如下。

（1）认真审查二次招标公告内容是否存在歧视性条款或招标文件存在极大模糊性条款，致使潜在投标人投标可能性受到极大限制；

（2）认真核查二次公告发布期间，购买招标文件的投标人是否不足三个；

（3）经核实招标公告无明显歧视性条款且招标文件二次公告期间购买人确实不足三人时，应建议有关主管部门争取其他形式进行采购。

9. 开标监督的主要内容有哪些？

答：开评监督主要内容如下。

（1）监督人员应在开标现场当众宣读招投标工作纪律，并向投标人公布投诉举报电话。

（2）对承办招标的机构是否严格按照招标文件约定的时间、地点，召集所有投标人进行公开开标、投标人实到数是否符合法定数目进行监督。

（3）对招标机构检查投标文件密封情况，以及当众拆封、公开唱标等开标过程进行监督。

（4）对招标机构拒收投标人在规定的投标截止时间后送达投标文件的情况进行监督。

（5）对开标过程中，投标人提出的异议情况，开标现场主持人对开标过程中异常情况的处理等是否符合法定程序，是否依法依规处理得当进行监督。

（6）投标人是否存在"围标"现象。

10. 评标监督主要内容有哪些？

答：（1）对评标专家的产生和评标委员会的组成是否符合法定程序和制定规定进行监督。

（2）评标过程是否遵守法定的评标程序进行评标，评标结果是否按照评标办法规定和要求，推荐中标人进行监督。

（3）对评标前与评标中，招标机构负责人或招投标领导小组成员是否有与投标单位有关人员、评标专家单独会晤或其他不正常的行为进行监督。

（4）对评委在评标过程中是否应该回避，或存在违纪行为，进行监督。

（5）对个别评委评标打分的明显偏差，评标的报告推荐中标人不符合招标文件规定，或评标过程评委及评委会存在的异常行为，可以提出质询。

11. 定标监督主要步骤有哪些？

答：（1）对定标是否依据评标委员会推荐的顺序确定中标人进行监督。

（2）对定标是否广泛听取招投标领导小组成员的意见、有无招投标领导小组以外的人员干预定标工作进行监督。

12. 直接招标过程以外，还应对与招投标有关的哪些行为进行监督？

答：招投标监督小组，除对招投标过程预备方招投标活动行为进行直接监督外，还应对以下问题进行监督。

（1）对应招标的项目是否存在规避招标的问题进行监督。

（2）对招标人有无与投标人串通，搞虚假招标，影响招标活动"公开、公平、公正"原则的行为进行监督。

（3）对所要招标的项目有无泄露秘密（包括评标、定标人员的组成、身份以及投标文件的评审、中标候选人推荐顺序等）的行为进行监督。

（4）对参与招标活动的人员有无索贿受贿、收受回扣和以各种形式接受投标单位的馈赠、宴请及可能影响公正招标的情况进行监督。

（5）对招标活动中其他违反法律、法规和企业有关规章制度的行为进行监督。

13. 招标工作中监督人员的主要职责是什么？

答：在招投标活动中，招标监督工作人员主要职责如下。

（1）监督投标人资质预审工作的情况。

（2）监督抽取评标专家公平、公正性及评标委员会组成合理性。

（3）监督开标、评标全过程的公开、公平、公正性，质询开标评标过程中存在的异常现象，纠正违规违纪行为。

（4）受理对招投标活动的投诉举报，对经查属实的违规违纪问题，提出纠正和处理意见。

（5）参加招标领导小组会议，监督定标。

（6）监督开标过程中投标人是否有恶意投标，围标、与招标人串标等现象。

（7）其他需要监督的招标活动内容。

14. 在废旧物资招标中，监督人员的主要职责是什么？

答：在报废物资竞价出售过程中，监督人员的主要职责如下。

（1）负责核查竞价出售报废物资的批准文件。

（2）负责统一收存参加废旧物资销售竞价现场所有人的通讯设备，管制现场工作人员对外通信。

（3）负责对参加标底编制过程和开标现场标底采用进行监督。

（4）负责签字确认标底编制合规性。

（5）负责核对与确认竞价流标的现场最高报价与标底的差异情况。

（6）负责竞价现场工作纪律，纠正违纪行为。

（7）负责受理和核查竞价现场的投诉举报。

15. 在框架招标分配和询价采购工作中，监督的内容主要有哪些？

答：为了使框架招标分配和询价采购工作能够规范有序地进行，落实党风廉政建设要求，监督人员的主要工作职责如下。

（1）负责维持例会工作秩序和工作纪律，纠正违规违纪行为。

（2）负责对此项工作规定原则的执行、规范程序的操作进行监督。

（3）负责对框架分配和询价采购的供应商选择过程进行监督。

（4）负责对因供应商的产品质量问题、服务问题或其他问题应选而未选中的进行监督。

（5）负责对因供应商供货能力或其他问题使得框架中标累计比例，较大幅度偏离规定的中标比例的进行监督。

16. 框架招标分配和询价采购工作中廉政保密的措施有哪些？

答：（1）所有工作人员应严格遵守廉政保密规定和工作纪律，签订廉政保密承诺书。

（2）不得对外泄漏供应商任何报价、交货期等有关信息。

（3）不得对外泄漏工作小组对供应商进行比较与选择情况。

（4）不得以任何理由私下接触供应商，不得接触有任何关系的供应商受托人。

（5）凡与此项工作无关的人员，不得打听供应商选择情况，不得参加供应商选择例会，不得对参会人员施加任何影响，不得对外泄漏供应商选择工作程序。

17. 废旧物资竞价现场监督工作主要内容是什么？

答：（1）对参与废旧物资网上竞价出售回收商资质审查过程进行监督。

（2）对资审合格后的回收商在办理 CA 认证时，甲乙双方是否签订《关于参加网上竞价出售废旧物资协议》及回收商是否按规定交纳参加竞价活动保证金进行监督。

（3）对业主单位委托制定标底的过程进行监督。

（4）对是否按照规定时间开始竞价进行监督。

（5）对参与废旧物资网上竞价出售的工作人员、业主代表及相关人员是否严格按照工作程序及流程进行操作进行监督。

（6）对竞价出售结果产生的合规性进行监督。

（7）对参与废旧物资网上竞价出售的各方人员廉洁守纪行为进行监督。

18. 对外出公务活动人员廉洁守纪有哪些规定？

答：对外公务活动中，在廉洁守纪方面应着重注意以下方面规定。

（1）应严格遵守政治纪律、经济纪律、工作纪律、保密纪律。

（2）应尊客守礼、自重自爱，不酗酒、不失言、不失态、不谋私、不违禁。

（3）参加接待活动时，应时刻注意保持个人文明举止，维护企业对外形象。

（4）不得利用工作之便，借机要求客户安排旅游活动或承担、报销非公务活动的费用。

（5）不得利用工作之便，为本人、亲属、受托人向客户谋求或索取不正当利益。

（6）不得发生损害国家利益、企业利益、他人利益的行为。

19. 对外出公务活动人员严令禁止的行为有哪些？

答：（1）在公务活动中不得发生损害国家利益、企业利益、他人利益的行为。

（2）在公务活动中不得利用工作之便，为本人、亲属、受托人向客户谋求或索取不正当利益。

（3）在公务活动中不得利用工作之便，借机要求客户安排旅游活动或承担、报销非公务活动的费用。

（4）在公务活动中不得超规格安排，不得到涉嫌黄、赌、毒的场合，不得借机办私事。

（5）在公务活动中不得受邀参加客户安排的各类休闲消费活动，如高档宴请、娱乐活动、旅游度假等。

（6）在公务活动中不得收受与自己工作有关系客户的财物，如现金、有价证券、各类物品、其他形式财物等。

（7）在公务活动中不得参加涉嫌违法或涉嫌违规、违纪等其他活动的行为。

20. 进入评标现场的人员按规定不得携带哪些物品？

答：（1）凡进入评标现场的工作人员、监督人员及评委均不得携带手机、手提电脑和个人记录本进入评标现场。携带者应将上述物品交给招标监督小组保管，评标结束后再返回。

（2）评标现场提供的统一评标专用本及评标资料，在评标结束后，评委均应完整交回，不得私自带走。

（3）评委不得私下抄录对投标人的评标打分情况，评标报告的推荐中标人排序，并带出评标现场，否则，视为违纪行为。

21. 评委在评标过程中能否随意离开评标现场？

答：为了加强评标过程的保密性，评委在评标期间不应擅自离开评标场所。如确需离开，本人应充分说明原因并经评标委员会主任及监督小组同意后离开，否则视为违规行为。

22. 佩带哪些凭证可以进入评标现场？

答：为了加强评标工作严肃性和保密性，评标现场应为封闭性较严格的工作场所。进入评标现场人员须佩带评委工作证、工作人员工作证、监督人员证，无关人员不得擅自进入评标区域。

23. 在招投标工作中廉政保密的措施有哪些？

答：（1）参与评标工作的评委均应签订廉洁保密承诺书，进入评标工作场所后，应将随身携带的通信工具交监督人员集中保管。在评审过程中应遵循客观、公正、科学、择优的原则，认真履行评委职责，独立对投标文件进行评审。参加评标活动中应严格遵守招投标工作纪律，不擅离评标场所。应当对与投标人有关联关系的主动回避，自觉遵守保密规定，廉洁自律，遵纪守法。自觉接受公司招投标监督小组的监督。

（2）参与招标工作的人员均应签订廉洁保密承诺书，严格遵守招投标相关法律、法规和规章制度，严格执行招投标工作纪律和工作程序。恪守职业道德、尽职尽责、廉洁自律、严守纪律、不擅离职守。自觉遵守保密规定，不向任何无关人员泄露招投标内容，自觉接受监督。

（3）参与招标工作的监督人员均应签订廉洁保密承诺书，在招标过程中应公平、公正，严肃履行监督人员职责，依法监督，严格执行招投标监督工作程序，维护招投标现场纪律，纠正和制止招投标过程中的违规违纪行为。廉洁自律，不私下接触投标人，自觉遵守招投标有关保密规定，不向无关人员泄露与招投标有关的内容。自觉接受招投标监督小组的领导和其他成员监督。

（4）参与投标的投标人应签订投标人承诺书，自觉遵守有关招投标法律、法规，遵守职业道德；自觉遵守开标现场工作纪律，自觉关掉手机，不得随意走动、大声喧哗；不得与其他投标人串通投标，或与招投标有关人员串通排斥其他投标人；不得私下向招投标有关人员、评标人员打听评标情况，有问题应通过正当渠道反映；不得以任何借口和方式向招标、评标人员馈赠礼金、礼品和有价证券等；自觉接受监督人员的监督，服从监督人员对违纪言行的纠正。

24. 如何处理评标活动中的异常评审现象？

答：当评标活动中发生异常评审现象时，监督小组应发出评标异常情况澄清单，由评委做出详尽充分的说明，与评委会负责人协商后按有关规定进行处理，做好记录并向上级主管部门备案。

25. 评委对投标文件有疑义需要投标人澄清时应怎么办？

答：（1）在评标过程中，对投标文件需进行答疑或澄清时，评委应填写评标澄清单提出需要投标人澄清的问题。提出问题时应注意以下两点：① 提出澄清的问题不得有暗示性、引导性、探讨性语意；② 对投标文件已明确的属于重大偏差的响应，不得再进行澄清。

（2）评委的澄清要求应经评标委员会主任审核同意后，由工作人员按照规定程序重新填写澄清单交给投标人，并要求投标人在规定时间内进行书面答疑或澄清。投标人的书面答疑或澄清内容，应视为投标文件补充，并告知全体评委。

26. 投标人在开标现场提出疑义时，监督人员应怎么办？

答：（1）监督人员应会同开标现场主持人，暂停唱标，问清投标人所提出的疑义，并做好记录。

（2）投标人所提出的疑义问题，如不违反开标法定程序，符合招标文件规定的或由于工作人员失误可以立即纠正的，应当场答复清楚，并能当场答复清楚，并继续进行开标。

（3）对于违反法定开标程序的，或者不符合招标文件规定的，或者暂时无法纠正工作人员失误行为的，监督人员有权暂停开标过程，会同有关负责人与投标人就出现的问题进行协商解决，待双方达成一致书面意见后，方可继续开标，否则，应终止开标活动。

（4）事后应及时归集整理相关材料备查，并向上级主管部门汇报。

27. 物资采购监督管理依据哪些基本制度？

答：（1）招标采购制度。

（2）合同管理制度。

（3）物资监造验收制度。

（4）采购资金管理制度。

（5）仓储物资定期盘点制度。

（6）有其他有关内控制度。

28. 物资采购的主要监控环节有哪些?

答: 电力物资采购过程中存在诸多人为因素, 也就是说在电力设备采购过程中有许多自由决定的空间。所以对电力物资采购的监督管理, 要重点关注以下关键环节。

(1) 电力物资采购计划的制定。在监督编制项目采购计划时, 除应关注采取何种方式进行采购物资、采购的数量外, 还要对项目采购合同签订后的生产进度进行控制, 保证供货质量、提供优质服务, 让建设单位满意。

(2) 供应商的选择。"按照什么原则择优选用供应商, 最终决定者是谁"是监督的突出点。电力物资采购原则上采取公开招标方式, 通过商务评标和技术评标, 满足招标文件要求, 在满足交货期及技术条件下, 比质量、比价格、比售后服务, 按照商务、技术评标标准, 评委通过权限内合理打分的综合排序, 为定标领导小组 (业主) 提供定标依据。

(3) 电力物资价格的确定。采购价格的形成受多种因素变量的影响, 会使同种设备、物资的采购价格不同, "什么样的性价比对企业最有利"是监督的关键点。在特殊情况采用询价采购方式, 在满足交货期技术条件下, 供应商的供货能力、供货质量、售后服务质量和业绩同等条件下、价格低的首选。

(4) 验收物资质量与数量。电力设备物资的验收, 需要验收人员按照规定的技术条件和监造验收大纲严格把关, 验收人员责任心和业务水准是把握采购设备物资质量标准的关键控制点。

(5) 货款结算。电力物资采购合同签订并开始执行, 是由综合科专职工程师制作结算计划, 决定采购货款支付时间、支付金额、支付方式。这是一个复杂的决策过程, 货款结算的科学合理决策和有效执行是监督的重点。

29. 加强物资采购监督管理应该注意哪些问题？

答：加强电力物资采购监督管理应该注意以下几点。

首先要转变物资公司监督管理思想认识、更新观念。从加强招标、采购人员廉洁从业教育入手，提高采购人员遵规守纪自觉性，正确用权。摒弃"人盯人"的监督管理模式，将电力物资招标采购业务在阳光下运作。

其次要注意监督与制度的统一。加强相关制度建设、完善业务工作流程。物资招标采购监督的目的是堵塞漏洞、减少损失。用严格的制度、用严谨的工作流程来规范招标采购人员行为，保护干部职工，降低企业风险，促进物资招标采购平台按照规定的轨道和程序高效、安全运转。

第三要加强对物资招标采购管理的过程监督。要从项目采购需求计划的提出到物资设备招标活动的开标、评标、定标，以及到供应厂家的考察、催货、监造、验收等全过程各个环节进行监督，特别不能忽视对公司内部非电力物资采购计划的提报及指定采购等行为的监督。

30. 电力物资招标采购监督的主客体是什么？

答：根据电力物资采购制度的本质要求，采购的监督应分为三个层面，每个层面都有其相对独立的监督主体与客体。

就物资公司而言，第一个层面是对公司的物资招标采购管理机构的监督，监督的直接主体是各级职工代表大会、纪检监察、审计部门和招标管理中心，间接主体是公司财务处、监察室。监督的客体是公司领导决策层、招标处、采购处、行政处以及公司多种经营各个实体公司等管理机构。

第二个层面是对物资招标采购机构的监督。监督的直接主体是公司领导决策层、监察室、财务处，间接主体是上级纪检监察、审计部门以及供应商等，监督的客体是招标采购机构，具体又分为两类：一类为集中采购机构，如招标处、采购处等；另一类为非集中采购机构，如行政处以及公司多种经营各个实体公司等。

第三个层面是对供应商的监督。监督的直接主体是招标采购管理机构和招标采购机构，如公司领导决策层、招标处、采购处、行政处等。间接主体是各级纪检监察部门和管理机关，监督的客体是电力物资招投标活动中的投标商、询价采购中的供应商以及框架招标方式中的供应商。

31. 接到供应商投诉后应如何处理？

答：接到供应商投诉后，要问清事由、请投诉供应商代表登记，听取当事人叙述并详细做好记录，根据投诉事由，向有关领导及时汇报。原则上，供应商投诉供应商，按相关法律规定，纪检监察部门可以不受理。作为公司的信访、投诉工作管理部门，对应受理的供应商投诉事项，应快捷、有效地保障投诉供应厂商的合法权益。处理供应商投诉应采取"一审查、二看、三核实、四交代"的四种方法。

（1）对供应商所投诉的事项进行审查，做到明了问题、分清性质，弄清投诉厂商的单位、投诉内容、问题发生的时间地点等。根据相关规定，快速确定是否受理该项投诉事宜。

（2）查看供应商投诉的程序是否合法，查看供应商投诉的时间是否及时有效。另外，投诉的供应厂商也只有在质疑答复期满后的 15 个工作日内，及时提出的投诉才能有效。

（3）核实招标采购相关文件资料，核实走访有关当事人，核实投诉供应厂商遭受损害的程度。

（4）对供应商投诉事项要做出书面交代，对投诉供应商的"维权"行为要有个实质性的交代，对其他与投诉事项有关的当事人要有个通报性的交代。

32. 在对物资采购人员形成长期有效的教育机制中重点内容是什么?

答：根据物资行为特点，企业应形成以下三个内容为重点的长期教育机制。首先是遵纪守法教育，通过加强法律条规教育，增强相关人员的法律意识。其次是职业道德教育，在物资采购过程中自觉维护企业的利益，维护企业的形象。再次是进行廉洁警示教育，通过案例教育，以案明纪，以实例为诫，让物资采购管理人员清醒地意识到贪心的可怕后果。

33. 怎样做好设备监造验收的效能监督工作?

答：（1）监造人员与监督人员要熟知设备验收监造大纲的内容，掌握三级订货标准。即掌握合同内容，掌握技术协议内容，掌握生产进度及见证点内容。

（2）监督人员要了解所验收与监造的生产企业。

（3）掌握验收与监造产品的生产过程及主要工艺的关键环节，督促验收监造人员工作及时到位，确保产品制造过程中质量，在验收监造过程中不走过场。

（4）凡涉及参与设备验收监造的人员，要严格遵守公司制定的对外公务活动廉政守纪各项规定。

34. 当出现废标时，监督人员应怎样履行职责和处理程序?

答：当评委会提出技术或商务废标时，监督人员应根据评委会所出具的技术或商务废标审核单中的内容进行复核，应认真查阅投标人在投标文件中所应响答的内容与规定存在的重大偏差，招标文件中所规定的要求是否符合招投标法律废旧程序的规定，复核无误后方可签署同意废标的意见。

35. 怎样做好供应商考察的监督工作?

答:赴厂考察供应商情况前,要严格履行廉政监督程序,事先履行相关手续。明确考察负责人、考察组织人、参加单位及考察人,明确要考察的厂商、内容、时间、地点及行程安排。考察期间,要始终严格遵守纪律,廉洁自律,自重自爱,不谋私、不违禁。

考察负责人应对考察人员人身安全和廉政守纪的监督问题管理到位,同行人员亦有义务给予他人相应的提示,规劝,直至制止。

监督检查结果的处理:对发生违规违纪人员,纪检监察部门将依规进行处理,同时追究同行人员相关责任,分别为戒勉谈话、录入廉政档案、绩效考核、经济处罚、离岗解聘、党纪、政纪处分。

第十六章

人 力 资 源

1. 什么是招标代理业务?

答：招标代理业务是指，受招标人委托，从事项目业主招标、专业化项目管理单位招标、政府投资规划编制单位招标以及中央投资项目的勘察、可行性研究、设计、设备、材料、施工、监理、保险等方面的招标代理业务。

2. 申请甲级招标代理机构资格，应具备哪些人员条件?

答：申请甲级招标代理机构资格的机构，对相应的人员构成应具备以下条件。

（1）招标专业人员不少于 50 人。

（2）招标专业人员中，具有中级及中级以上职称的技术人员不少于 70%。

（3）评标专家库专家人数在 800 人以上。

3. 申请乙级招标代理机构资格，应具备哪些人员条件?

答：申请乙级招标代理机构资格的机构，对相应的人员构成应具备以下条件。

（1）招标专业人员不少于 30 人。

（2）招标专业人员中，具有中级及中级以上职称的技术人员不少于 60%。

（3）评标专家库专家人数在 500 人以上。

4. 电力物资企业工作岗位说明书的作用有哪些？

答：（1）为招聘、录用员工提供依据。

（2）对员工进行目标管理。

（3）是绩效考核的基本依据。

（4）为企业制定薪酬政策提供依据。

（5）员工教育与培训的依据。

（6）为员工晋升与开发提供依据。

5. 电力物资企业工作作业指导书的意义是什么？

答：作业指导书是不可缺少的管理工具，是作业者的工作指南，也是管理者检查工作规范的蓝本。编制的基本原则是统一工作作业操作程序。作业指导书有以下意义。

（1）编制作业指导书过程中，把本企业内所有的技术能手聚集，把他们的技术进行提炼，到达本企业最高的水平。

（2）规范了作业动作，质量得以保障，塑造了企业形象。

（3）有了作业指导书，技术力量不再掌握在少数人手里，不再为人员的流失而担忧，能更好地对工作人员进行管理。

（4）在制作作业指导书的过程中同时培训了所有参与制作的人，帮助大家在工作方面进一步提升。

（5）新员工能尽快地学会操作方法，管理者就可以准确地根据作业指导书的要求为标准，检查作业者的操作是否符合要求。

6. 什么是职业资格证书制度？电力物资企业目前具有的职业资格证书有哪些？

答：职业资格证书制度是劳动就业制度的一项重要内容，也是一种特殊形式的国家考试制度。它是指按照国家制度的职业技能标准或任职资格条件，通过政府认定的考核鉴定机构，对劳动者的技能水平或职业资格进行客观公正、科学规范的评价和鉴定，对合格者授予相应的国家职业资格证书。

电力物资企业目前实行的职业资格证书包括物流师系列、招标师系列、采购师系列、设备监理师系列、会计师系列、保管员系列、特种作业系列等。

7. 什么叫做持证上岗，持证上岗率是如何计算的？

答：持证上岗是指主要生产岗位人员和协助生产岗位人员必须取得相应工种的职业资格证书后，方可上岗。全员持证上岗率（％）＝持有本工种国家职业资格证书的人数/本单位生产岗位期末职工人数。电力物资企业应持证上岗的工作项目如下。

（1）从事物流工作的人员应持有物流师系列的职业资格证书。

（2）从事招投标工作的人员应持有招标师系列的职业资格证书。

（3）从事物资采购工作的人员应持有设备监理师、物流师或采购师系列的职业资格证书。

（4）从事仓储保管工作的人员应持有物流师或保管员系列的职业资格证书。

（5）从事仓储工作中各项专项工作的人员应持有国家规定的相应的职业资格证书。

8. 什么叫职业资格培训？

答：对从事国家规定实行就业准入制度的职业和工种的员工，必须按照有关规定参加职业资格培训，取得相应职业资格证书后方可从业。

电力物资企业进行职业资格培训的岗位包括招投标岗位、

采购业务岗位、监造工作岗位、保管工作岗位、计算机工作岗位、维修工岗位、内线电工岗位、驾驶员岗位、特种车驾驶员岗位、物业管理岗位等。

9. 什么是职业技能鉴定?

答:职业技术鉴定是指按照国家规定的职业技能标准或任职资格条件,通过政府劳动行政部门认定的考核鉴定机构,对劳动者的技能水平或职业资格进行客观公正、科学规范的评价与认证的活动。主要包括初、中、高级技术等级考核和技师、高级技师资格考评。

10. 职业技能鉴定的主要内容是什么?

答:国家实施职业技能鉴定的主要内容包括职业知识、操作技能和职业道德三个方面。这些内容是依据国家职业技能标准、职业技能鉴定规范(即考试大纲)和相应教材来确定的,已建立国家题库的工种,必须从题库中抽取试题,未建立题库的通过编制试卷报职业技能鉴定中心批准后进行鉴定考核。

11. 职业技能鉴定方式是什么?

答:职业技能鉴定分为知识要求考试和操作技能考核两部分。知识要求考试一般采用笔试,技能要求考核一般采用现场操作加工典型工件、生产作业项目、模拟操作方式进行。计分一般采用百分制,两部分成绩都在 60 分以上为合格。

12. 什么叫岗前培训?

答:按照岗位规范的要求,员工上岗前要进行岗位资格培训并取得相应的岗位资格证书。各类新录用人员、转岗或晋升的员工,需进行上岗资格培训,培训合格并取得资格证书后方可上岗。

电力物资企业岗前培训的内容主要包括基础安全知识、电力物资管理基本知识、电力物资企业基本工作内容和基本工作程序、电力物资工作职业道德、电力物资企业文化等。

13. 什么叫岗位培训?

答:员工取得岗位资格证书并上岗后,每年需接受专门的业务培训和知识更新培训,学习并提升岗位所需知识和技能,进一步提高业务能力。

电力物资企业岗位培训的内容包括岗位职业资格升级培训、岗位技能业务知识更新培训、岗位技能能力提升培训等。

14. 什么叫在岗学习?

答:员工在职期间应坚持在岗学习,坚持"工作学习化、学习工作化"。现场培训是班组长生产人员在岗学习的主要形式。生产单位要结合本单位安全生产实际,定期开展规程考试、技术讲课、技术问答、事故预想、反事故演习等现场培训。

15. 对安全培训管理是如何规定的?

答:(1)从事生产工作的职工必须定期接受安全培训教育,坚持先培训、经安全考试合格后上岗。

(2)公司从事生产工作的职工,通过一系列的专业培训,书面和实际操作考试合格后,方可参加生产工作。

(3)安全培训实行理论教学与实际操作技能培训相结合的原则。安全培训由人力资源部门负责归口管理,相关职能部门提出安全培训计划并落实,安全监督部门负责监督安全培训计划的落实并组织《安全工作规程》的考试。

第十七章

企 业 文 化

1. 电力物资行业的企业文化概念是什么？

答：电力物资行业的企业文化是行业的存在形态，它是行业所有成员在长期创业和发展过程中，培育形成并共同遵守的最高目标、价值标准、基本信念和行为规范；它是行业理念形态文化、物质形态文化和制度形态文化的复合体。

2. 电力物资行业的企业文化的作用是什么？

答：电力物资行业的企业文化是行业成员所培养的共同规范、共同信仰和共同追求，它具有强大的心理激发力、精神感召力和能量诱放力，并弥漫于文化群体之间，犹如一道无形的力量，把每个个体的力量整合起来，维系、主导并昭示着行业中所有成员，引领他们朝着既定的目标去奋斗。

3. 电力物资行业的企业文化的内涵包括哪些内容？

答：电力物资行业的企业文化是企业在经营实践过程中，由企业管理者倡导的，在大部分员工中逐渐形成的支撑企业发展的使命、宗旨、核心价值观、战略愿景等一系列价值观念、价值主张的价值观念，由共同的行为意识、行为能力、行为实践构成的行为习惯和相应行为结果组成的行为模式，群体共同习惯的文化氛围，企业形象四部分的总和。

4. 电力物资行业的企业文化的特征是什么?

答：电力物资行业的企业文化具有以下两个特征。

（1）企业文化是受特定环境和条件下形成，并受特定环境制约的"当家人文化"或"一把手文化"。特定的环境对企业文化的发展既有推动作用，也有制约作用。

（2）企业之间唯一不能模仿的就是企业文化。由于企业价值观不可能完全一致，人的素质不可能相同，环境也不可能完全一样，因此，企业文化不能模仿。这是企业文化最显著的特征。

5. 电力物资行业的企业文化有哪些功能?

答：电力物资行业的企业文化在企业管理方面有以下功能。

（1）导向功能。企业文化能对企业成员个体的思想行为起导向作用，对企业整体的价值取向和行为起导向作用。

（2）约束功能。企业文化对企业员工的思想、心理和行为具有约束和规范作用。企业文化的约束不是制度式的硬约束，而是产生于企业的企业文化氛围、群体行为准则和道德规范的软约束。

（3）凝聚功能。企业文化的凝聚功能是指当一种价值观被企业员工共同认可后，它就会成为一种黏合力，从各个方面把其成员聚合起来，从而产生一种巨大的向心力和凝聚力。

（4）激励功能。企业文化具有使企业成员从内心产生一种高昂情绪和奋发进取精神的效应。

（5）辐射功能。企业文化一旦形成较为固定的模式，它不仅会在企业内部发挥作用，对本企业员工产生影响，而且也会通过各种宣传、交往等渠道对社会产生影响。

（6）品牌功能。企业文化和企业经济实力是构成企业品牌形象的两大基本要素，它们是相辅相成的。

6. 电力物资行业的企业文化建设重要意义是什么？

答：电力物资行业的企业文化是行业发展的重要动力，企业文化建设同样也是企业凝聚力的提升。有实力才可以进行竞争，有规则才可以成方圆；建立健全企业文化，让能者上，平者让，庸者下，使人才的力量得以充分发挥，企业的力量呈现最大化；依靠科学的决策确立目标，建立良好的氛围与环境，造就出不凡的业绩，最终实现企业利润的增长和企业的发展壮大。

7. 电力物资行业的企业宗旨的作用是什么？

答：电力物资行业的企业宗旨从根本上定义就是企业所从事的事业。是关于企业存在的目的或对社会发展的某一方面应做出的贡献的陈述，有时也称为企业使命。企业宗旨不仅陈述了企业未来的任务，而且要阐明为什么要完成这个任务以及完成任务的行为规范是什么。

8. 电力物资行业的企业行为准则的作用是什么？

答：电力物资行业的企业行为准则是以价值观体系为基础，结合经营理念的提炼设计、描述、界定企业成员基本行为的规范。员工的行为方式具有行业和企业的特点，也代表着一个企业的精神面貌。规范的员工行为不仅有助于协调企业上下的步伐，更有助于贯彻企业领导层的意旨，强化企业管理。

9. 电力物资行业的企业哲学的作用是什么？

答：电力物资行业的企业哲学是以企业家文化为主导的企业核心群体对于企业如何生存和发展的哲理性思维，它是一种人本哲学,是企业解决如何在外部生存以及企业内部如何共同生活的哲学,是企业对内外部的一种辩证式的哲学思考,这种哲学思考又决定了企业对于各种事物的偏好,所以企业文化是个性化的,这就是其根本原因所在。

10. 电力物资行业的企业形象包括哪些内容?

答:电力物资行业的企业形象是企业精神文化的一种外在表现形式,它是社会公众与企业接触交往过程中所感受到的总体印象。这种印象是通过人体的感官传递获得的。其内容是指人们通过企业的各种标识和工作质量、服务水平、人员风格等,而建立起来的对企业的总体印象。

11. 电力物资行业的企业文化分哪三个层面?

答:电力物资行业的企业文化分为三个层面。

(1)精神文化层。企业精神文化的构成包括企业核心价值观、企业精神、企业哲学、企业伦理、企业道德等,企业精神是企业价值观的核心。

(2)制度文化层。制度文化包括企业的各种规章制度以及这些制度所遵循的理念,包括人力资源理念、经营理念、营销理念、生产理念等,是企业文化的中坚和桥梁,把企业的物质文化和精神文化有机地结合成一个整体。

(3)物质文化层。物质文化是企业外部表现形式,通过服务的质量、信誉和工作环境、文化设施等物质现象来体现的。

物质层为制度层和精神层提供物质基础,是企业文化的外在表现和载体。三者互相作用,共同形成企业文化的全部内容。

12. 电力物资行业的企业价值观的作用是什么？

答：电力物资行业的企业价值观指的是企业在经营过程中推崇的基本信念和奉行的目标，是为企业绝大多数成员共有的关于企业意义的终极判断，是企业文化的核心或基石。对于任何一个企业而言，只有当企业内绝大部分员工的个人价值观趋同时，整个企业的价值观才可能形成。与个人价值观主导人的行为一样，企业所信奉与推崇的价值观，是企业的日常经营与管理行为的内在依据。

13. 电力物资行业企业价值观的作用表现在哪些方面？

答：电力物资行业企业价值观的作用主要表现在以下四个方面。

（1）企业价值观为企业的生存与发展确立了精神支柱。企业价值观是企业领导者与员工据以判断事物的标准，一经确立并成为全体成员的共识，就会产生长期的稳定性，甚至成为几代人共同信奉的信念，对企业具有持久的精神支撑力。

（2）企业价值观决定了企业的基本特性。在不同的社会条件或时期，会存在一种被人们认为是最根本、最重要的价值，并以此作为价值判断的基础，其他价值可以通过一定的标准和方法"折算"成这种价值。这种价值被称为"本位价值"。

（3）企业价值观对企业及员工行为起到导向和规范作用。企业价值观是企业中占主导地位的管理意识，能够规范企业领导者及员工的行为，使企业员工很容易在具体问题上达成共识。

（4）企业价值观能产生凝聚力，激励员工释放潜能。企业的活力是企业整体力（合力）作用的结果。企业合力越强，所引发的活力越强。

14. 电力物资企业的质量文化的内容包括哪些内容？

答：电力物资行业的企业质量文化是指企业在长期的生产经营中自然形成的一系列有关质量问题的意识、规范的价值取向、行为准则、思维方式以及风俗习惯，由四部分构成。

（1）物资设备和服务外在表现的质量物质文化。

（2）通过质量管理活动、宣传教育活动、员工人际关系活动中产生的质量行为文化。

（3）约束员工质量行为的质量组织机构、质量保证体系、质量奖励与管理制度的质量制度文化。

（4）树立质量文化理念、质量价值观、质量道德观、质量行为准则的质量精神文化。

15. 电力物资企业的服务文化内容是什么？

答：服务是一种态度，一种责任。对于电力物资行业来说，为建设单位和供应商提供服务要紧紧围绕客户的需求与发展来投入和运行的，要坚持诚信为本，不空口承诺、不敷衍了事；要树立客户为本的服务意识，将客户看作是共存的一体，不断提高技术与服务水平，加强完美服务的意识，改善服务态度，从而持续提升客户满意度，成为客户离不开的伙伴。

16. 电力物资企业的廉洁文化的内容是什么？

答：电力物资企业廉洁文化是以廉政为思想内涵、以文化为表现形式的一种文化，是廉政建设与文化相结合的产物，为反腐倡廉提供精神动力、智力支持和思想保证。其内容是把我们党提倡的"立党为公、执政为民"等要求，通过文化建设融入党员、干部内心深处，使他们树立正确的世界观、人生观、价值观和权利观、利益观，不犯或少犯错误；通过广泛深入、生动活泼的宣传教育活动，使广大员工树立廉洁、诚信、勤俭、奉献等积极健康的思想观念。

17. 电力物资企业的安全文化的内容是什么？

答：在电力物资企业的企业文化建设当中，安全文化是重要的组成部分，蕴涵于日常的安全生产过程中，不断地进行提炼、总结和传播，形成具有本企业特色。它是企业的经营者和从业者所应具备的安全理念、安全意识、安全态度、安全技能（素质）的总和与之为提高这个总和所采取的一切对策。

18. 电力物资企业的优质服务分哪几个步骤？

答：实现电力物资企业的优质服务要重点做好四个步骤的工作。第一步，对客户显示出积极态度；第二步，要主动识别客户的需求；第三步，要尽全力满足客户的需求；第四步，要确保客户成为长期客户。